A trip to Gaza strip

Foto Copertina: Cristina Mastrandrea
Prefazione: Valerio Nicolosi
Progetto grafico: Maurizio Fimiani
Revisione testi : Francesca Gentili

FABIO SARACENI

A trip to Gaza Strip

ADD ROMA

Prima edizione a cura di Add Roma | 2024

A Diego,
per avere la forza e il coraggio
di non girarsi dall'altra parte
di fronte alle ingiustizie del mondo.

20 MIGLIA

MAR
MEDITERRANEO

8 MIGLIA

6 MIGLIA

HOTEL
JABALIA
EREZ
BEIT HANOUN
GAZA CITY

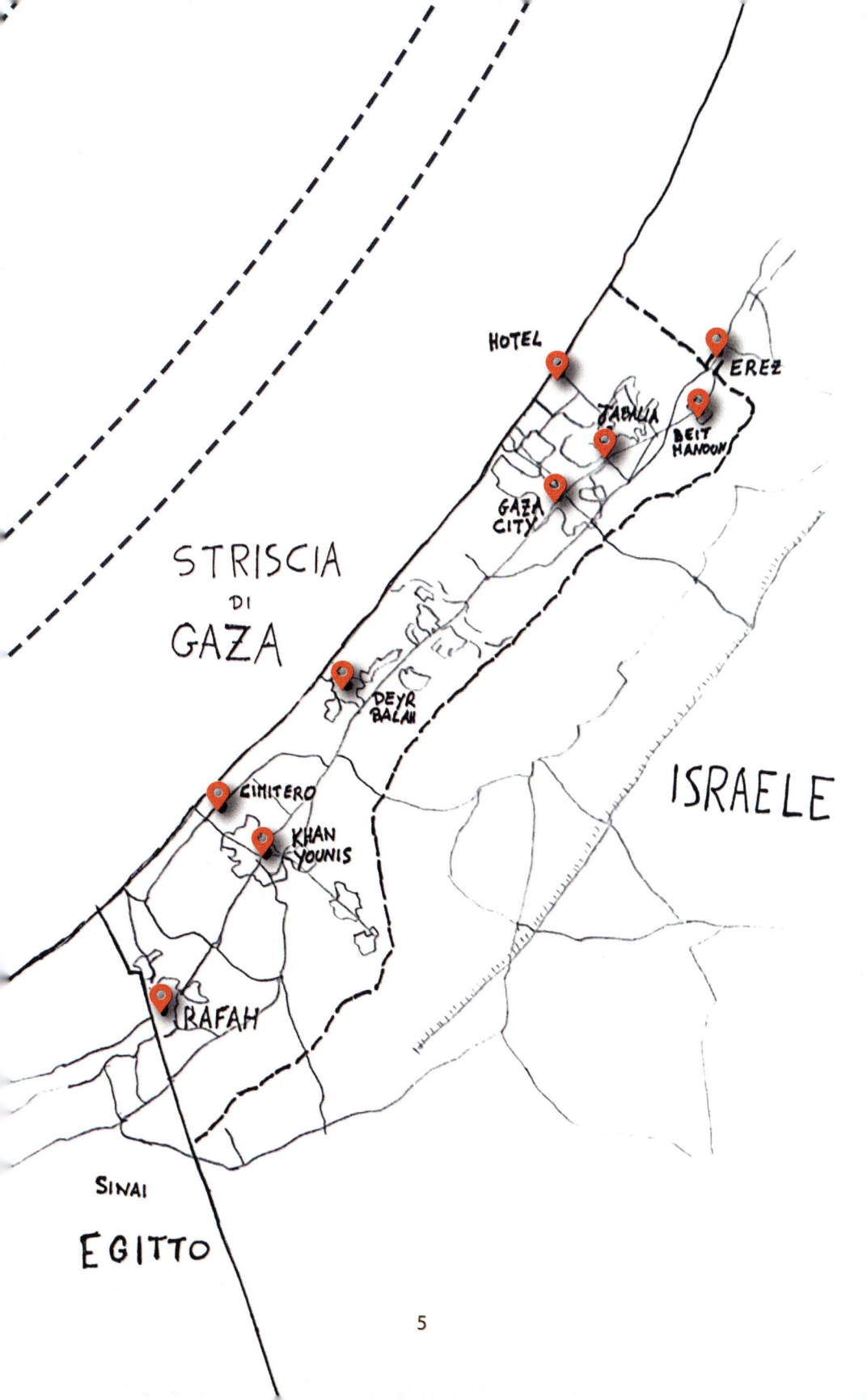

STRISCIA
DI
GAZA

DEYR BALAH

ISRAELE

CIMITERO
KHAN YOUNIS

RAFAH

SINAI
EGITTO

Prefazione

Chi entra a Gaza esce che non è lo stesso. Chi entra a Gaza ci lascia il cuore. È stato così per me, lo è stato per Fabio, nella nostra avventura che, a distanza di quasi dieci anni, è ancora molto chiara nei nostri ricordi.

Gaza ti cambia, questa è una cosa che ho visto su me stesso dopo ogni viaggio, dopo ogni esperienza in quel piccolo tratto di terra dove vivono recluse più di due milioni di persone, reso il più grande carcere a cielo aperto del mondo da uno Stato, quello d'Israele, che si dichiara una democrazia. Oggi quella Gaza non c'è più rasa al suolo oltre ogni immaginazione, eppure sia io che Fabio avevamo visto la devastazione di quella terra, avevamo visto come alcuni quartieri erano stati completamente rasi al suolo da "Margine di protezione", l'operazione militare israeliana dell'agosto del 2014. A noi sembrava disumano ma con il senno di poi, con quello che abbiamo visto in questi ultimi mesi, sembra niente.

Gaza ti cambia, dicevo. Lo fa perché intanto entra solo chi è davvero convinto, in quella terra non si va da turisti o "per caso", Gaza non è di passaggio. Quindi chi decide di entrare in quei quarantadue chilometri di lunghezza e appena sette di larghezza in qualche modo ha già deciso di cambiare, di farsi travolgere da un mix di emozioni che ti regala una popolazione che dovrebbe essere incattivita con il mondo e che invece ti apre le porte, ti mette un piatto in tavola insieme a un tè e ti racconta quello che vorrebbe fare. In cambio ti chiede due cose: amicizia e dei racconti. Vogliono sapere cosa c'è lì fuori, vogliono sapere perché il mondo resta a guardare, vogliono sapere perché su di loro pesa una condanna senza un regolare processo, senza nemmeno un'accusa.

Se riesci a capire questo, Gaza ti resta dentro e ti sei fatto degli amici per sempre, che siano aspiranti fotografi o parkouristi, tutti loro si ricorderanno di te, ti scriveranno un messaggio, sarai i loro occhi e le loro orecchie fuori da quel maledetto muro che li costringe da oltre quindici anni a quella reclusione. Ma questo non serve, perché se è vero che Gaza ti cambia ad un certo punto vuoi essere anche la loro voce o meglio il loro megafono, perché voce ne hanno a sufficienza e il suono della loro lingua a me è sempre piaciuto. Così ci facciamo megafono, cassa di risonanza e proviamo prima con voce normale

Prefazione

e poi piano piano sempre più forte, fino a gridare, a ripetere che lì non ci sono terroristi ma persone, che in quel pezzo di terra non c'è solo Hamas ma donne e uomini con la speranza che un giorno l'assedio finisca. Eppure tutto sembrava congelato almeno apparentemente, fino al 7 ottobre 2023, quando a un massacro è seguito un genocidio. La storia sembra essere tornata su Gaza dopo anni di oblio mentre l'assedio non allentava la sua morsa.

Le università, i quartieri, le case e spesso anche le persone che le abitavano oggi non ci sono più, di quella Gaza non è rimasto nulla e sotto le bombe israeliane è morta anche la speranza di un futuro fuori da lì. La vita ha un prezzo che viene deciso dal mercato nero dei trafficanti egiziani: se paghi passi, se non paghi muori o di fame o sotto le bombe.

Il merito di Fabio Saraceni oggi è quello di recuperare dalla memoria qualcosa che non c'è più e che oggi sembra essere lontano dalla testa e dal cuore, sparito dietro le foto e i video di morte e sofferenza che ci arrivano ogni giorno. Fabio invece ci regala la vita, i sorrisi e le speranze di quei ragazzi che saltando sulle case bombardate si riappropriavano della terra, anche se assediata.

Valerio Nicolosi.

A trip to Gaza Strip

Introduzione

Queste pagine nascono come diario di un mio viaggio. Spesso uso tenere traccia di esperienze lavorative e personali appuntando su carta nomi, informazioni o sensazioni che con il tempo andrebbero perse o quantomeno alterate se riposte solo nella mia memoria. I fatti narrati risalgono a quasi dieci anni fa, molte delle cose che ho scritto non rispecchiano più la realtà sia a livello geopolitico, sia di evoluzione della disciplina del parkour, sia a livello di mio approccio alla formazione, che all'epoca è stato molto duro. Ho deliberatamente deciso di lasciare però le cose come stanno, riportando fedelmente il diario e dando la possibilità a chi volesse leggere di vivere l'esperienza attraverso i miei occhi all'epoca inesperti e contestualizzandola ben prima dell'ottobre 2023. Tempo fa, avevo già pensato di pubblicare questo diario, perché sentivo la necessità di far uscire delle informazioni dalla Striscia di Gaza, lo sentivo come un dovere morale, pensavo che lo scopo del mio viaggio fosse principalmente questo e, marginalmente, anche usare le mie competenze da formatore di parkour, e portare sostegno e solidarietà al popolo palestinese tramite la cooperazione internazionale.
Perché non l'ho pubblicato prima? Forse per timidezza, limitandomi a testimoniare la realtà di Gaza in altri modi, pubblicando sui social e riferendo in varie conferenze in cui mi è capitato di presenziare.
Perché pubblicarlo adesso? Dopo i fatti del 7 ottobre 2023, oltre alla necessità di far sapere cosa succede a Gaza, sento fortissima la volontà di fare qualcosa di concreto e, questa pubblicazione, nel suo piccolo, vuole essere l'occasione per fare una raccolta fondi in favore dei civili palestinesi, che stanno subendo una delle ingiustizie più gravi e brutali del nostro secolo. L'intero ricavato sarà devoluto alla Mezzaluna Rossa Palestinese per portare aiuti ai civili nella Striscia. Il mio diario, dunque, vuole documentare la realtà palestinese che ho vissuto, raccontando la mia storia e gli incontri con delle persone speciali. Alcune di loro oggi non ci sono più, morte ingiustamente in questa guerra.
Le azioni militari su Gaza, perpetrate dai ministri israeliani del governo di Benjamin Netanyahu, sono disumane, brutali e ancora in atto mentre riporto questo racconto. È impossibile accettare che i palestinesi siano definiti "animali umani", uccisi barbaramente anche nei letti di ospedale. Questa guerra è

Introduzione

la negazione di tutti i diritti umani e, proprio per questo, nessuno può più rimanere indifferente. Addirittura, la Corte Internazionale di Giustizia dell'Aia ha respinto la richiesta di archiviazione di Israele, decidendo di verificare le accuse di genocidio mosse dal Sudafrica contro Tel Aviv. Gli indizi sono molto gravi ed è la prima volta che il termine "genocidio", cioè la sistematica distruzione di un'intera popolazione o comunità religiosa, viene ufficialmente associato ad Israele. Anche noi dobbiamo interrogarci sulle responsabilità della guerra, dobbiamo parlarne e proporre alternative di pace.

L'obiettivo, forse utopistico, è quello di eliminare la guerra come strumento per regolare la convivenza umana, auspicando un mondo dove prevalga l'etica umana all'uccisione indistinta di bambini, donne e uomini. La guerra è un crimine e noi dobbiamo batterci per un mondo di pace e giustizia.

Con questo breve scritto, vorrei promuovere una riflessione su come la guerra debba cessare di essere uno strumento per la risoluzione di questioni geopolitiche. Il cessate il fuoco deve essere un imperativo categorico, perché nessuno dovrebbe mai abituarsi all'orrore della guerra, alla disumanità, alla violenza che distrugge le vite di poveri civili.

Durante questa missione di cooperazione non ero solo, con me c'erano tante persone in gamba e preparate che vorrei ricordare, affinché chi volesse approfondire la tematica palestinese possa farlo con le loro opere e scritti, fra cui:

Valerio Nicolosi, reporter, già autore del libro "Be Filmaker a Gaza", autore del podcast "Racconti dalla Striscia di Gaza e dalla Cisgiordania", ha pubblicato il libro "(R)Esistenze" realizzato anche con gli scatti dei ragazzi gazawi a cui ha fatto lezioni di fotografia all'Università di Al Aqsa, ed ha girato il videoclip per una canzone del rapper MCGaza;

Cristina Mastrandrea, giornalista inviata, fotoreporter e videomaker, autrice della copertina e di numerose foto pubblicate in questo diario. Ha realizzato video, interviste e pubblicato articoli sull'esperienza nella Striscia di Gaza per la rivista "Left", ha insegnato fotografia alle ragazze ed ai ragazzi gazawi nell'università di Al-Aqsa;

Franca Marini, docente universitaria, videomaker, artista, che ha realizzato il lavoro di videoarte "Un sogno a Gaza"; ha scritto articoli inerenti alla Palestina e a Gaza pubblicati sulla rivista "Left" nelle edizioni 2017, 2021 e febbraio 2014.

A trip to Gaza Strip

Giorno 1

"Tutti gli stati sono astrazioni."
Frank Herbert, Dune

27/12/2014
Aeroporto di Fiumicino, Roma.

Scendo dall'automobile pronto a partire per Gaza. Saluto Silvietta che mi ha accompagnato senza risparmiarmi le ennesime raccomandazioni. Lei, in effetti, è già stata a Gaza varie volte. Ci siamo conosciuti proprio in occasione del primo scambio "Italia - Gaza", nel 2012, quando alcuni dei ragazzi del gruppo "Parkour Gaza" erano venuti in Italia per confrontarsi con diverse realtà di praticanti italiani. È stata un'iniziativa molto ben riuscita perché ha contribuito a diffondere maggior consapevolezza su cosa stia accadendo nella loro terra. Non capita spesso di avere l'opportunità di parlare direttamente con chi sta vivendo il dramma della guerra e rappresenta una popolazione sotto assedio, senza terra e perfino senza Stato, perché lo Stato della Palestina ancora non è riconosciuto da tutte le nazioni del mondo. Silvietta ha cercato di prepararmi al meglio per questa esperienza, con l'entusiasmo di chi condivide pienamente la tua scelta. In realtà abbiamo provato ad inserirla nel gruppo della carovana per farla tornare a Gaza ancora una volta e partecipare con noi al Festival di scambio e formazione ma, con enorme dispiacere, non siamo riusciti ad ottenere il suo lasciapassare per tempo. La prima cosa su cui ha voluto prepararmi è stata l'interminabile sequela di controlli estremamente approfonditi che avrei dovuto affrontare, con annesse ore di attesa nei vari terminal degli aeroporti, fino al temutissimo valico di Erez, ultimo controllo che sancisce l'ingresso nella Striscia. Sentivo la mia eccitazione fondersi alla consapevolezza che davanti a me il percorso presentava ostacoli capaci di cambiare anche drasticamente la mia vita, fino a quel momento alquanto serena. Le direttive dell'ONG "Uisp Peace Games" sulle misure di sicurezza da adottare prima della partenza avevano rafforzato in me tale consapevolezza, ad esempio quando mi avevano consigliato di fare una fotocopia del passaporto da tenere nascosta in caso di sequestro del documento. Ma la cosa che per qualche giorno non mi aveva fatto proprio dormire era la possibilità di dover preparare una "versione ufficiale" del motivo della nostra visita in Israele, perché se passi per Tel Aviv dicendo che sei diretto a Gaza è probabile che passerai molto tempo sotto i controlli e potresti rischiare perfino di venire rimpatriato. Sarebbe meglio, quindi, affermare che siamo semplici turisti e che il nostro è un viaggio di piacere. Tuttavia, consapevole delle mie scarsissime capacità di mentire, soprattutto a gente armata e addestrata a smascherare i bugiardi, ho ricominciato a dormire sonni tranquilli solamente quando si è optato per "confessare" il nostro intento di cooperazione internazionale, anche se questo avrebbe voluto dire attendere ore in stanzette poco ospitali sotto interrogatorio. Ammetto che la mia decisione di partire non è stata immediata. La missione si presentava ardua. La Uisp, l'ente di promozione sportiva del quale faccio parte, mi aveva proposto di prendere parte come formatore al Festival di scambio e formazione organizzato dal Centro italiano di scambio culturale "Vik" di Gaza, dove avrei dovuto allenare per una settimana un centinaio di ragazzi anche nell'ottica futura di formare istruttori di Parkour/*ArtDuDeplacement*. Ponendo il caso che fossi riuscito a preparare un programma di formazione con così poco preavviso, sapevo che portarlo a termine in una settimana e con quella mole di persone, sarebbe stato quasi impossibile. A convincermi a partire è stata la decisione di Gato, mio vecchio amico e praticante di parkour, di prendere parte al progetto. È da molti anni che ci conosciamo e abbiamo fatto molte cose inerenti al parkour insieme, abbiamo partecipato ad eventi sia come studenti sia come insegnanti, ci siamo allenati e spesi per il riconoscimento e la divulgazione della disciplina; ammiro molto la sua perspicacia, la sua schiettezza e la sua determinazione. Ci accomuna, oltre al parkour, anche lo studio della natura: siamo entrambi laureati in biologia, io in ambito marino, lui invece si occupa di ragni. Non potevo sperare in un compagno migliore per questa avventura.

Una volta deciso di partecipare al progetto, Gato ed io abbiamo subito organizzato eventi a Roma e a Bergamo con l'obiettivo di raccogliere fondi per il Centro culturale "Vik" e per acquistare una quarantina di paia di scarpe da portare ai ragazzi.

Con le scarpe in valigia e la paranoia in tasca entro così in aeroporto alla ricerca di Red, altro insegnante di parkour e mio amico, parte della carovana in partenza da Roma. Con Red ci siamo allenati insieme per anni e sono

Giorno 1

contento che sia anche lui parte del progetto, anche se non ufficialmente come formatore della Uisp. Mi dice che ha incontrato altri due ragazzi della spedizione, Valerio Nicolosi e Cristina Mastrandrea, entrambi reporter, fotografi e videomaker, che in quel momento erano indaffarati con i loro numerosissimi bagagli e con i controlli di sicurezza.

Partiamo con un bel po' di ritardo, perché Valerio viene trattenuto per i controlli oltre l'orario di partenza. Mi viene anche il dubbio se questo possa essere un tentativo di boicottare la partenza per Gaza di un reporter, ma penso di essere troppo paranoico e mi godo il volo sul mediterraneo. Atterriamo a Tel Aviv armati dei nostri passaporti, della lettera d'incarico dell'ONG e delle facce più pulite che abbiamo per affrontare la dogana di Israele con candida semplicità. Tutto secondo i piani, anche se non è confortante il repentino cambio di espressione sulla faccia della doganiera quando, mentre controlla i passaporti, capisce che siamo diretti a Gaza per insegnare parkour. Fortunatamente neanche la mia borsa con ventitré paia di scarpe desta sospetti, sarebbe stato difficile negare l'apertura illegale di un punto vendita di calzature a Gaza.

Usciamo e respiriamo a pieni polmoni l'aria mediorientale, pronti a raggiungere la porta di Damasco e Gerusalemme Est, dove ci attende il resto della carovana. Ho finalmente il piacere di assaporare la guida sportiva del Medio Oriente di cui ho tanto sentito parlare, con l'adrenalina di un paio di scontri frontali evitati all'ultimo secondo dall'abilità del conducente. Nel frattempo il paesaggio che mi sembra di vedere con la poca luce della sera a illuminarlo, mi ricorda i tipici ambienti mediterranei del Sud Italia.

Arriviamo all'ostello invaso dagli italiani membri del progetto "Festival Italia-Gaza" e troviamo Gato, Gobbo e Betta, i nostri compagni di parkour bergamaschi. L'ostello è spartano, non pulitissimo ma tutto sommato accogliente, con una sala comune dove avremmo preso litri e litri di tè aromatizzato alla salvia o alla mentuccia. La camera mia e di Red è un loculo con a malapena lo spazio per due lettini, con tutte le nostre borse in mezzo si forma una superficie unica che occupa tutta la stanza, c'è anche un minuscolo bagno con lavabo, tazza e doccia tutto stipato in neanche un metro quadrato. Poco male, mi ero preparato a un po' di austerità. Sistemate le nostre cose andiamo tutti a cena e non posso fare a meno di sorridere, felice come un bambino, alla scoperta dell'abbondanza dei piatti tipici di Gerusalemme.

Pieni come delle uova per il tanto mangiare, andiamo tutti nella sala comune per la prima riunione del gruppo.

Mi aspettavo una cosa formale e pedante su cosa fare e soprattutto cosa non fare a Gaza, invece ci troviamo a chiacchierare sulle esperienze precedenti di alcuni dei partecipanti, come Meri, la coordinatrice del progetto, che vive a Gaza già da molto tempo, e infine prepariamo la scaletta per la conferenza stampa che ci attende il giorno dopo.

Prima di dormire mi accorgo che il mio credito sul cellulare è stato decurtato per aver accettato la tariffa "non-so-bene-quale-international", che inoltre sarebbe durata solo fino a mezzanotte di quel giorno, e con parole non riferibili tra i denti, cerco di addormentarmi. Ci provo ma senza riuscirci. Il pensiero è fisso su quel muro che il giorno dopo avremmo dovuto oltrepassare, sui controlli del valico di Erez, su cosa avremmo trovato all'interno e su cosa ci avrebbe aspettato realmente a Gaza.

Giorno 1

In attesa dell'ingresso a Erez
Foto di repertorio del viaggio

A trip to Gaza Strip

Gaza, 2015

Foto di Cristina Mastrandrea

Giorno 2

> *"Colui che può distruggere una cosa,*
> *ha il pieno controllo di quella cosa."*
> Frank Herbert, Dune

28/12/2014
Da Gerusalemme ad Erez, Palestina.

Dopo la nottata insonne, le prime luci dell'alba sono una benedizione. Mi alzo, mi preparo e comincio a passeggiare nei pressi dell'ostello, in attesa della partenza verso Erez. Gerusalemme è la tipica cittadina mediorientale multiculturale: mercati, bancarelle e negozietti sono pieni di una marea di cose, tra le più diverse tra loro e tutto è permeato dall'odore di mille spezie. Venditori ambulanti di kebab e cibarie sono all'opera dalla mattina presto e l'odore del caffè speziato si mescola a quello del tè e a quello di carne di pecora appena cotta.

Arrivano i taxi che ci porteranno al muro, io mi trovo in macchina con Meri, la cooperante e coordinatrice del Festival che dirige e lavora al centro culturale "Vik", che si chiama così in memoria di Vittorio Arrigoni, un attivista umanitario italiano assassinato a Gaza nel 2011 da una cellula salafita di estremisti islamici. Sono contento di essere in macchina con lei, e durante il tragitto ne approfittiamo per fare quattro chiacchiere. Il paesaggio è come l'ho immaginato la sera prima: colline brulle semi rocciose coperte da uliveti infiniti, non troppo dissimile da una qualche località del Sud Italia. La grossa differenza sta nei pezzi di muro che qua e là sorgono, con filo spinato, che costeggiano la strada da un lato o ambo le parti. Meri mi spiega che ci sono strade differenti per gli israeliani, le cui macchine hanno targhe gialle, e per i palestinesi che, invece, hanno targhe bianche: non c'è possibilità di mescolanza. Ci sono anche dei *checkpoint* con i soldati che controllano l'accesso. Qui l'Apartheid c'è e funziona. Meri mi dice che ai tempi di Nelson Mandela una delegazione sudafricana era andata in Israele per studiare come farla funzionare meglio e come farla accettare dall'opinione pubblica. Fortunatamente la storia ha preso una direzione differente in Sud Africa e, all'inizio degli anni Novanta del secolo scorso, la liberazione di Mandela e le successive elezioni hanno determinato la fine dell'*Apartheid*.

Passiamo per Modi'in, un agglomerato urbano che originariamente era sede dei servizi segreti, infatti, la traduzione del nome della cittadina è *"intelligence"*. Lungo la strada incontriamo dei *checkpoint* dove attendono in fila degli uomini palestinesi con permessi di lavoro per entrare in Israele: mi ricordano le manovalanze straniere in Italia, che aspettano pazientemente di essere prelevate per la giornata di lavoro nei cantieri o nei campi.

I vari aggregati urbani che incontriamo sono simili tra loro: grandi costruzioni che sembrano le zone popolari di casa, come Tor Bella Monaca a Roma, Scampia a Napoli o Quarto Oggiaro a Milano, ma molto più pulite e con impianti di irrigazione che rendono piacevolmente lussureggiante il paesaggio intorno ai centri abitati, con praticelli all'inglese e alberi da frutto a bordo strada. Trovo bellissimo un laghetto artificiale, all'interno di un parco, al centro di un agglomerato di case, che sembra una vera e propria oasi.

Mentre continuiamo a procedere verso Erez, scorgiamo di tanto in tanto grosse cisterne di raccolta dell'acqua e Meri mi spiega che molte di quelle traggono acqua dalle sorgenti o dalle falde acquifere nei territori palestinesi e servono per il consumo israeliano. Tutto il verde che osservo, adesso prende una nuova sfumatura e ingrigisce un poco ai miei occhi.

Arriviamo finalmente ad Erez, il muro si vedeva già da lontano e, man mano che ci avviciniamo, diventa sempre più alto. Il valico di Erez è una grossa costruzione che sembra un po' un terminal aeroportuale e un po' una caserma. Nella zona interna si vedono grossi palloni sonda aerostatici ancorati a terra che servono per monitorare, tramite telecamere, l'interno del muro. Oggi la tecnologia ha fornito anche i droni, che sono piccoli velivoli radiocomandati molto più mobili e maneggevoli e, soprattutto, che non si vedono come i palloni.

Le attese per ogni passaggio sono snervanti. Aspettiamo fuori per un tempo indefinito, tutti ammassati sotto una pensilina per ripararci dal sole. Per effettuare il primo controllo passaporti, ci lasciano entrare uno alla volta dentro la struttura, un grosso casermone con pareti a vetro. Cominciamo ad assaporare un'aria diversa, le grandi vetrate hanno qua e là dei fori, chiaramente non dovuti a teppisti che lanciano sassi, come avrei pensato a Roma. Ci incolonniamo per il visto di entrata: una ragazza dentro una cabina in

vetro antiproiettile ci sottopone a un interrogatorio stringente e, secondo me, molto poco coerente. Le domande riguardano gli argomenti più disparati: dal nostro intento a Gaza a eventuali passati viaggi in Africa per la prevenzione dell'ebola, fino a voler ricostruire il nostro albero genealogico.
La sensazione che provo è come quella vissuta il giorno dell'esame di maturità: sono in attesa dell'interrogatorio e ripasso freneticamente tutti i miei dati. Sono talmente sotto stress che ho un inspiegabile vuoto di memoria e non ricordo più il nome del mio nonno materno, nonno Aurelio! Fortunatamente non me lo chiedono e posso tirare un sospiro di sollievo.
Il timbro di entrata viene messo su un post-it perché, ci spiega Meri, avere sul passaporto il timbro di Erez potrebbe essere un problema in alcuni paesi, soprattutto nell'aeroporto di Tel Aviv, dove, alla fine di questa esperienza, avremmo dovuto riprendere il volo per casa.
Tutto fila liscio, a parte il fatto che il timbro sul passaporto di Red non viene messo sul post-it, come per tutti noi, ma direttamente sul passaporto. Prevediamo, quindi, problemi al ritorno ma ormai la cosa è fatta e, ancora sotto pressione per i controlli, andiamo avanti. Ci sono lunghi corridoi deserti e contorti da percorrere, non vediamo nessuno ma siamo monitorati da alcune passerelle ai piani superiori che hanno una visione globale e da moltissime telecamere. Dall'alto deve sembrare un po' come un labirinto per i topini bianchi da laboratorio. Siamo pieni di borsoni: noi del parkour portiamo una quantità innumerevole di paia di scarpe da dare ai ragazzi a Gaza; i *writers* hanno tante bombolette di vernice spray, i fotografi e i *filmmakers* trasportano molteplici macchinette, microfoni, batterie e materiale per il loro lavoro.
Superiamo vari tornelli come quelli degli stadi e riusciamo a passare solamente alternando una persona e un bagaglio, una persona e un bagaglio. Oltrepassiamo, infine, il muro e ci ritroviamo dentro un corridoio/gabbia lungo un chilometro. Ci incamminiamo pieni di bagagli lungo il percorso, attraversando, dentro questa gabbia, la "Buffer Zone": una zona cuscinetto di un chilometro all'interno del muro, dove è interdetta la presenza a chiunque, per scongiurare attacchi al muro. Alla fine della gabbia, ci attende il controllo passaporti da parte dell'autorità palestinese, in uno spiazzo che, se non fosse per la presenza degli ufficiali nelle casupole, sarebbe sembrato un chiosco di una spiaggia nostrana.

A trip to Gaza Strip

C'è anche un piccolo bar, dove prendiamo un tè in attesa dei nostri documenti. Ma la trafila non è ancora finita. Il vero confine si trova ancora più all'interno della Striscia negli uffici arrangiati gestiti da Hamas: saranno loro a decidere a chi consegnare il tanto atteso lasciapassare. Già prima di partire ero molto curioso di vedere come fosse Hamas, ma anche un po' prevenuto per le informazioni offerte dai media occidentali. Mi aspettavo di trovare brigate di terroristi incappucciati, intransigenti e cattivissimi. Quello che trovo, invece, è ancora più improvvisato del baretto da spiaggia dell'autorità palestinese: ci sono militari con uniformi composte da una pesante giacca di pelle con pellicciotto sul collo che, con grande cortesia e pacche amichevoli sulle spalle, ci svuotano i bagagli su un tavolino traballante e, con un'occhiata rapida, si accertano che non siamo spie e soprattutto che non intendiamo introdurre alcol o droghe di alcun genere. D'improvviso, tutto diventa molto più caotico, amichevole e informale. Mentre siamo in attesa dei nostri lasciapassare, i militanti di Hamas ci comunicano che, a causa di un guasto alla stampante, alcuni visti non potranno essere rilasciati: io sono uno degli sfortunati che non avrà il documento di permesso di soggiorno.
Subito dopo, però, ci assicurano che, già l'indomani, ce li avrebbero spediti nei nostri alloggi. Seccato per la mancata consegna del lasciapassare di Hamas, seguo gli altri nelle vetture che ci avrebbero portato nei nostri domicili.
Lungo la strada, incrociamo un gruppo di persone, molte donne, qualche anziano e moltissimi bambini tutti festanti, pieni di bandierine palestinesi, sciarpette e kefiah, noi scherzando li salutiamo come fossero un comitato di benvenuto arrivato per accogliere noi stranieri.
Procediamo verso Sud. Il primo impatto è forte: nella periferia di Gaza City ci sono immondizia, macerie, ragazzini che scorrazzano in gruppetti e carri con ruote gommate trainati da somari. Ci sono cavalli scheletrici che si trascinano sulle strade polverose e piene di buche. Quello che vedo non mi piace. Mi fa pensare a un grandissimo campo nomadi: tutti strillano tra loro e verso di noi, comincio a capire quanto sia inusuale vedere uno straniero qui dentro.
Nella zona più interna, lo scenario cambia un po', ci sono molte case e numerose persone indaffarate in attività quotidiane. Noto macerie di case distrutte e Meri ci dice che durante gli attacchi di luglio e agosto scorsi (2014), qualche missile è stato lanciato sulle case di sospettati terroristi, buttando giù

Giorno 2

le intere palazzine, in barba a tutti gli altri che ci vivevano dentro.
Arriviamo nel posto dove soggiorneremo: è un albergo che mi sembra di lusso, pulitissimo, con bandiere di varie nazionalità sulla facciata e un giardinetto esterno con comodi divani, non è proprio quello che mi aspettavo a Gaza. Appena scesi dall'automobile, ci attende una schiera di persone, tra cui funzionari palestinesi, gestori dell'albergo, interpreti e tre gruppi di ragazzi praticanti di parkour: "Gaza Parkour", "3RunGaza" e "Spider Gaza Parkour".
Mi accorgo che, in breve tempo, le mie emozioni sono cambiate, il trattamento asettico ricevuto a Erez lascia spazio alla calorosa accoglienza dei gazawi. La mia ansia iniziale si trasforma: mi sento frastornato e disorientato dal clima caotico che troviamo al nostro arrivo. Comincia una trafila infinita di strette di mano, di abbracci, anche più volte a persona, foto e video, ancora prima di aver posato i bagagli.
La storia continua e comincia ciò che avrebbe caratterizzato i giorni a venire: i selfie. Veniamo trascinati nella sala riunioni dell'albergo tra foto e riprese, ed entrando, tutti quelli che avevamo già incontrato appena scesi dalle macchine, si mettono in fila per il saluto ufficiale, con ennesime strette di mano e cordiale benvenuto un po' in arabo e un po' in inglese.
Mentre si allestisce la sala per la conferenza stampa, i ragazzi del parkour tentano, tra un selfie e l'altro, di comunicare con noi. Un ragazzo mi chiede dove avessi messo la mia telecamera, aspettandosi un qualche ritrovato super tecnologico e rimanendo molto deluso dalla mia risposta negativa: "Non ho nessuna telecamera...". Dopo un attimo di silenzio, quel ragazzo sorpreso mi chiede: "E come fai a fare parkour?!?". Rimango di sasso. Guardando i video dei ragazzi di Gaza, avevo intuito il livello embrionale e forse anche un po' superficiale della loro pratica, ma questa breve conversazione mi apre un mondo su quanto per loro la visibilità sia un elemento imprescindibile per la pratica del parkour.
Nel frattempo, vengo fermato almeno tre o quattro volte da alcuni ragazzi che, alzandomi gli angoli della bocca con le mani, mi chiedono: "Perché sei triste?!?" e mi esortano a sorridere. Odio avere persone che non conosco che mi toccano il volto. Non sono affatto triste, ma non sono pronto a tutto questo. Troppe mani addosso, troppi abbracci, troppe macerie appena fuori il nostro lussuoso albergo. Lo so, suona strano, ma la domanda che mi risuona

in testa è: "Ma come fate voi ad essere così sereni e sorridenti?".
Finalmente, la conferenza stampa ha inizio: è presieduta da una donna con l'inflessione un po' troppo teatrale, un interprete traduce in italiano ciò che dice, per poi passare la parola ai vari organizzatori, ministri e referenti dei gruppi della carovana. Il tempo sembra non passare mai.
Durante una breve pausa, ci servono una bevanda colorata e zuccherata, ovviamente analcolica: qui governa Hamas e l'alcol è proibito dal Corano. Man mano che il tempo passa, mi rendo conto di essere più antipatico con tutti e capisco pure il perché: per qualche ragione ci eravamo scordati di mangiare a pranzo! E io accuso terribilmente la fame.
Conclusa la conferenza però le fatiche non sono ancora terminate: gli organizzatori ci chiamano per partecipare a una riunione, nella quale pianificheremo il dà farsi dei giorni seguenti, ancora senza aver potuto toccare cibo. Quando però da antipatico sto per diventare pesantemente molesto, con mio grande sollievo, trovo degli avanzi sopra un tavolino e mi avvento sul tipico pane arabo: delle squisite pagnottelle sottili e morbide delle quali faccio incetta. Con la pancia piena, le relazioni sociali sono salve, almeno per il momento...
Non vedo l'ora di andare a riposare nella stanza, che è una comodissima camera con moquette a terra, luci e un bagno ampio e confortevole con tanto di vasca. L'acqua che esce dal lavandino però è salata, lo scaldabagno dura a malapena per una doccia, la cipolla della doccia è rotta e siamo obbligati a lavarci un po' nel lavandino e un po' nella vasca. Inoltre, la corrente va e viene, e la sera viene staccata completamente. La vista però è davvero splendida e dalla mia finestra riesco ad ammirare il lungomare e una bellissima moschea. Mi ero preparato a molto peggio, tutto sommato sto benissimo, come una star. Mi corico con l'ansia mista a eccitazione e impazienza di chi è sul punto di cominciare qualcosa di molto difficile e impegnativo. Il giorno seguente infatti avremmo intrapreso un lungo e duro lavoro.

Giorno 2

Attraversamento del valico di Erez
Foto di repertorio del viaggio

Spiaggia di Gaza, 2015
Foto di Cristina Mastrandrea

Giorno 3

Arrakis insegna la mentalità del coltello – tagliare ciò che è incompleto e dire " Ora è completo, perché finisce qui."
Frank Herbert, Dune

29/12/2014
Jabalia, Gaza, Palestina.

Il primo giorno di allenamento ci attende. Cominciamo molto male: nessuna notizia dei nostri lasciapassare di Hamas, per cui sono costretto a portare con me il passaporto, che sarebbe stato meglio lasciare in custodia in hotel, perché è l'unico documento che ho e che mi può permettere di ritornare in Italia. Non so perché ma sono tutti in ritardo, sia quelli dell'organizzazione italiana sia i praticanti gazawi. Ancora prima di conoscere e presentarmi ai ragazzi del gruppo mi rendo conto che è necessario riprenderli sulla puntualità. Loro però non sembrano troppo sconvolti neanche dalle frecciatine acide di Gato, sembrano più voler giocare e prendersi in giro l'un l'altro, scaricando il barile. Il tragitto dall'hotel al luogo dell'allenamento è scandito da urla, selfie e interminabili quanto incomprensibili discorsi fatti al microfono dell'autobus da uno dei ragazzi, uno dei più vivaci, che abbiamo soprannominato da lì in poi Slot. Ovviamente, sfido chiunque a memorizzare un centinaio di nomi arabi in pochi giorni, per cui, per ovviare al problema, abbiamo usato molto spesso dei soprannomi che ci rendessero la vita facile, almeno per capirci tra di noi. E così, in breve, ci siamo trovati a parlare con Slot, Big Rock, Sandokan, invece che con Mohammed, Mohammad, Mahmud. D'altro canto, usare soprannomi di strada è prassi comune tra noi anche a casa.

Da programma, avremmo dovuto andare nella zona Nord, a Jabalia, per fare un allenamento *outdoor*, invece ci siamo ritrovati nel capannone di uno dei gruppi locali di parkour, i "3run Gaza". Sono molto orgogliosi della loro "palestra", giustamente. Hanno lavorato sodo per riuscire ad avere e ad allestire il posto. Da giorni poi, vedevo le foto postate su Facebook di decine di ragazzi con trapani e pannelli di legno intenti a dare vita al loro luogo per allenarsi, ed ero molto curioso di arrivare lì.

Il parkour è una disciplina che nasce in strada e ha una valenza sociale e politica che avrei voluto alimentare e sfruttare anche lì a Gaza. Avevo visto, dai video sulla rete, che i ragazzi a Gaza si allenano spesso anche tra le macerie degli edifici devastati dagli attacchi aerei e missilistici, in uno particolare, addirittura, praticavano parkour mentre era in corso un bombardamento. Mi ha affascinato molto il grado di resilienza dimostrato da questo: la riappropriazione degli spazi pubblici non più utilizzati arriva qui a un livello decisamente superiore di quello a cui siamo abituati in Italia e nel resto del mondo. Se da noi la pratica del parkour avviene in ambienti urbani periferici, spesso poco curati dalle istituzioni, a Gaza i ragazzi si allenano in un territorio martoriato dalla guerra. Considero il parkour come la naturale predisposizione al movimento dell'animale uomo per riuscire a controllare il territorio, reperire cibo e difendersi dai pericoli. Ero sicuro che a Gaza, dove ci si deve saper muovere su qualsiasi terreno, anche tra le macerie per sfuggire ai bombardamenti o per portare soccorso in tempi brevi, questo aspetto più ancestrale e animalesco del parkour fosse tanto sviluppato ed ero ansioso di lavorare proprio su questo aspetto.

Anche se avremmo preferito uscire all'aperto, ci siamo decisi a svolgere il primo giorno di allenamenti nel capannone, un po' per non sconvolgere troppo i loro piani e un po' per gratificarli del bel lavoro fatto. Questa loro palestra è stata ricavata dalla metà di un'officina riparazioni per automezzi, separata dallo spazio di lavoro meccanico con dei grossi teloni. Il fracasso del lavoro svolto a fianco ci rende ulteriormente difficile la comunicazione, già di per sé non facilissima.

Iniziamo con un allenamento standard tutti insieme: ci disponiamo in un grande cerchio e comunichiamo grazie a un ragazzo che parla inglese. Tra i praticanti non c'è la minima idea di cosa voglia dire una sessione di allenamento. Non intendo ancora parlare dell'utilità del riscaldamento o magari dell'importanza del condizionamento, parlo proprio del concetto di iniziare una sessione, svolgerla e portarla a termine. Appena possibile alcuni si fermano, altri si allontanano, poi ritornano, saltano in giro un po' dove capita, fanno acrobazie. La situazione rischia di sfuggirci di mano.

Durante la pausa pranzo, una televisione locale, una troupe di Al Jazeera e l'Ansa ci chiedono un'intervista, sono tutti interessati al progetto di scambio e formazione e, soprattutto, alla presenza di Betta, una praticante di parkour donna italiana a Gaza. Terminata la pausa pranzo riprendiamo l'allenamento facendo ai ragazzi una nuova e solenne ramanzina e con la minaccia di allontanare chi non ha voglia di seguire il programma. Gato ammonisce lapidario il gruppo: "Se non volete essere trattati da ragazzini, smettete di fare i ragazzini". Sembra che il gruppo abbia capito, almeno per il momento. Inizio così una sessione pesante di condizionamento gambe che solamente in pochi riescono a fare come si deve. Ci dividiamo poi in tre gruppi per allenare i salti di precisione, Red, Gato e io, ciascuno con una ventina di partecipanti.

I salti di precisione sono una delle tecniche fondamentali della pratica del parkour: consistono nel saltare e arrivare in un punto esatto rimanendo in equilibrio dove i piedi hanno preso contatto con l'ostacolo o con il terreno, ad esempio, si usano spesso per atterrare su sbarre o muri molto sottili. Fatico a far capire ai ragazzi quando sbagliano, un po' perché cercano di "barare", un po' perché non sentono il dovere di eseguire con l'esatta tecnica l'esercizio. Non hanno il concetto di attenzione maniacale dell'esecuzione, secondo loro, difatti, è sufficiente toccare con i piedi il punto di arrivo per aver eseguito bene la tecnica, indipendentemente dal fatto che, dopo l'arrivo, ruzzolano a terra in maniera scomposta.

Risolvo il problema imparando a dire vivo o morto in arabo, "*Aeysh*!!!" e "*Mahtha*!!!", in modo da rendere, con una vivida immagine, il concetto di fare bene o male una tecnica, legandola a un aspetto pratico e utile come il rimanere vivi o meno.

Esercitandoci, mi rendo conto anche che i ragazzi riescono ad applicarsi meglio quando messi sotto pressione e in competizione, perciò un bel gioco su chi riesce a restare vivo mi sembra l'ideale. Nel mio gruppo c'è anche Betta: i ragazzi all'inizio sono palesemente a disagio nel praticare insieme ad una ragazza e attorno a lei si forma sempre un vuoto. Pian piano, però, sia grazie alla disinvoltura di lei nei movimenti e nelle relazioni, sia al mio modo di trattarla come gli altri, tutti si abituano all'idea e ci prendono gusto, vedendo la cosa come una strana ma tutto sommato accettabile novità.

La fase di defaticamento post allenamento spetta a Red e i ragazzi ci seguono più per la fiducia che ci stiamo conquistando che per la reale comprensione dell'importanza del farla.

Tornati in hotel ci dedichiamo alla stesura giornaliera dei report, all'organizzazione delle immagini e a sorseggiare il tanto desiderato tè aromatizzato alla salvia.

Finalmente in relax, assaporando il mio meritatissimo tè, ripercorro mentalmente l'incontro con i ragazzi e l'inizio dei nostri rapporti: il primo approccio non è stato piacevole, forse per lo stress accumulato nel viaggio di arrivo, per il passaggio attraverso Erez, in ogni caso non ho avuto il tempo o il modo di abituarmi a questo tipo di cultura. Qui per comunicare usano un volume troppo alto di voce, anche a sproposito e molta, molta fisicità. Ci si stringe la mano a più riprese, ci si strattona e ci si spinge per richiamare l'attenzione. Si è ospitali fino all'eccesso, tanto che risulta difficile rifiutare un'offerta, che sia un sorso d'acqua o qualsiasi cosa da mangiare.

I ragazzi che siamo venuti ad allenare sono sia del campo profughi di Khan Younis, nella zona Sud di Gaza, sia di Jabalia, a Nord di Gaza City. La maggior parte di loro vive di sussidi internazionali e ha una scarsa istruzione. Il fatto che siamo stranieri li eccita moltissimo, e il fatto che siamo insegnanti di parkour ancora di più. Nonostante la povertà, quasi tutti hanno un cellulare con il quale scattare decine di foto, è un continuo, tanto che, ad un certo punto, comincia a diventare fastidioso. Il loro concetto di pratica del parkour è fare salti e acrobazie spettacolari senza curarsi neppure di come arrivare a terra dopo il salto e di documentare tutto con riprese video. In questo primo allenamento, li abbiamo portati sul nostro terreno di gioco e ci siamo conquistati la loro fiducia e il loro rispetto, dimostrando con i fatti quanto si può arrivare a fare con un buon allenamento.

Non condivido come mi sembra vivano la pratica del parkour: non vedo uno studio metodico di corpo e ambiente volto allo sviluppo della consapevolezza e della forza fisica e mentale, non vedo una motivazione intrinseca che li spinge a migliorare sé stessi, mi sembra piuttosto che siano alla ricerca di una affermazione personale da raggiungere grazie all'esibizione. I leader dei gruppi sono capi clan a tutti gli effetti, con doti fisiche o carismatiche superiori agli altri. Tuttavia, le loro qualità non corrispondono ad una longeva pratica del parkour, sono infatti troppo imprudenti: molti saltano, saltano troppo, si infortunano e sono costretti a smettere. Proprio per questo motivo, c'è un riciclo continuo di praticanti e, per selezione naturale, i più forti o i più fortunati resistono più a lungo degli altri. Nonostante questa mia sensazione, alcuni dei ragazzi sono molto forti e abili, e visto il loro isolamento e l'impossibilità di accedere a una formazione qualificata, trovo un parallelismo con il *Methode Naturelle* di Georges Hebert. Come notò l'ufficiale della marina militare francese, vissuto a cavallo del 1900, gli esseri umani se lasciati liberi di esplorare il movimento senza preconcetti tendono a sviluppare enormemente le proprie capacità fisiche. Hebert fu così colpito dalla prestanza fisica delle popolazioni indigene da lui incontrate, che creò e perfezionò il suo metodo naturale di allenamento, per sfruttare tutti i vantaggi ed eliminare gli aspetti negativi di questa attitudine dell'essere umano. Fra l'altro, il metodo naturale è una delle fonti alle quali il parkour ha attinto a piene mani, prendendo forma in quella che è la disciplina attuale.

I ragazzi qui a Gaza, mi sembra non abbiano scavato a fondo negli aspetti valoriali della disciplina: fare una fila è difficilissimo e farla rispettare è impossibile. Abbiamo cominciato il lavoro da lì. Scegliendo, ad esempio, di passare dalla disposizione in cerchio a quella in file durante gli allenamenti.

Ci è sembrato funzionare.

E, in effetti, ben presto, ci è sembrato che in quella folla di ragazzi, ci fosse qualcuno che acquisiva nuove consapevolezze, vedendo qualcosa in più nella disciplina e nella pratica del parkour. Ho visto la speranza accendersi negli occhi di chi voleva capire e approfondire. Alcuni di loro ci hanno perfino aiutato nella gestione della classe.

Nella sala, mentre beviamo il nostro solito tè alla salvia, ci raggiunge Mohammad, il coordinatore dei "3Run Gaza", dove oggi abbiamo svolto l'allenamento. Non parla una parola di inglese, perciò è accompagnato da un altro ragazzo che gli fa da traduttore. È rimasto entusiasta dell'allenamento, lui non pratica dal 2008 quando, a causa di un infortunio, ha smesso di allenarsi e ha cominciato ad allenare gli altri. Chiacchieriamo per un paio d'ore, rinunciando a lavorare sui nostri report e a tutto il resto, perché la gioia nei suoi occhi è troppa per non approfondire.

Se il concetto che hai del parkour è saltare e fare le piroette in aria più degli altri, allora, è ovvio che dopo un incidente non sei più in grado di continuare a praticare. Scoprire, al contrario, che il parkour/*Art du deplacement* è molto di più, che si può, anzi, si deve continuare ad esplorare il movimento, il corpo e la mente e quindi allenarsi anche per poter insegnare, è stato come veder aprire, per la prima volta, ad un bambino il cancello di un giardinetto e scoprire il mondo esterno: ho visto lo stupore rispetto a qualcosa di veramente nuovo e la gioia di poter esplorare terre ancora sconosciute. Non ha prezzo. Tutti i sacrifici e le difficoltà passate per essere qui potrebbero essere già ripagate da questo scambio.

La sera, andiamo con tutti i cooperanti italiani a mangiare in un locale a Gaza City e, come ad ogni pasto, ci riempiamo fino ad esplodere di *hummus*, carne simile a quella che in Italia conosciamo come kebab, verdure sotto aceto di improbabili colori fosforescenti e dello squisito pane piatto che qui usano anche come posata per raccogliere il cibo. Il clima rilassato della cena, però, viene subito compromesso da una brutta notizia: ci sono stati quattro feriti tra i manifestanti di venerdì scorso. Si, perché la manifestazione festosa di quel gruppo di persone che abbiamo incontrato al nostro arrivo, era una protesta contro la repressione della manifestazione del venerdì precedente. È un'usanza del venerdì, infatti, che uomini, donne e bambini, provvisti di bandierine e sciarpette, attraversino la buffer zone e protestino perché vogliono l'abbattimento del muro, lanciando sassi sulla recinzione, non contro i militari o i mezzi blindati. Non per buonismo, ma perché è impossibile vedere cosa ci sia al di là del muro: non si vedono soldati né mezzi militari. Al contrario i cecchini israeliani ci vedono benissimo e riescono a sparare alle gambe o alle braccia dei manifestanti. Questa volta ai palestinesi è andata bene, sono state ferite solamente quattro persone.

Ancora scossi da questa notizia, ci arriva una chiamata da parte del coordinamento della missione di cui facciamo parte che ci avvisa del lancio di alcuni razzi dal mare, al momento non capiamo se da parte di Hamas o di Israele. Preoccupati del fatto che alloggiamo a neanche cento metri dalla riva, i nostri responsabili volevano accertarsi della nostra incolumità. Comincio a entrare in un'ottica diversa sulla tutela degli internazionali e sulla sicurezza del nostro soggiorno a Gaza.

Tornando in macchina, già in ansia per tutte le notizie appena apprese, non aiutati dalla folle guida dell'autista, come se non fosse abbastanza, incontriamo anche una ronda armata di Hamas. Vedo per la prima volta i miliziani come li abbiamo chiari in mente nel nostro immaginario occidentale: tute mimetiche un po' arrangiate, volto coperto da passamontagna, kefiah al collo, fucili d'assalto Ak47 e lanciarazzi con razzo inserito. In effetti, è anche la prima volta che vedo un lanciarazzi. Come uno schiaffo improvviso mi assale il ricordo del mio lasciapassare ancora incastrato nella stampante al *checkpoint* e comincio ad avere paura. Non ho timore dell'eventuale controllo, magari durerebbe un po' di più del solito, ma alla fine, probabilmente, non avrei avuto problemi. A terrorizzarmi è la possibilità di dover stare per molto tempo in presenza di quella gente con armi cariche e razzo armato inserito. Da quello che ho potuto vedere, gli uomini di Hamas sono molto semplici, elementari, a tratti approssimativi nello svolgere i loro compiti, vedi la ridicola perquisizione e la stampante dei documenti rotta. Mi assale così la paranoia che, dandosi pacche sulle spalle per gioco, possa partire loro un colpo o che, per sbaglio, il razzo possa partire facendoci esplodere tutti.

Per fortuna, i miliziani non ci degnano di uno sguardo e noi possiamo tirare dritto verso casa.

Con l'immagine del lanciarazzi ancora ben stampata in mente provo a dormire. Verso l'una di notte, però, vengo svegliato da alcuni rumori sordi di esplosioni in lontananza. Poi silenzio, le esplosioni cessano. Poco dopo avverto suoni di mitragliatrici pesanti e, d'improvviso, va via l'elettricità. Qualche secondo e ci troviamo tutti affacciati alle finestre dell'hotel con la testa che sporge fuori nella speranza di capirci qualcosa. Ragiono d'istinto e rifletto: "Gli spari provengono da Nord. Il confine Nord è relativamente vicino al nostro albergo, saranno pochi chilometri. I combattimenti quindi devono essere proprio ad un tiro di schioppo". Sorrido tra me e me, trovando divertente questo gioco di parole. A posteriori però, ripensandoci, questa mia ironia mi sembra una follia, dettata dall'adrenalina del momento.

Tornato a letto, una strana sensazione mi pervade ascoltando le deflagrazioni in lontananza: è un'ansia mista a eccitazione, un'infondata certezza di essere al sicuro come quando si è in casa durante un temporale e, anche se razionalmente riesco a capire la reale entità del pericolo, mi sento come un "turista", uno spettatore, come un bambino che guarda dei fuochi d'artificio inconsapevole di essersi avvicinato troppo.

La immaginavo diversa tutta questa storia. Vivere questa situazione, il lanciarazzi di Hamas, l'artiglieria di Israele, il corteo festante fermato a colpi di fucile, sembra tutto un gioco. Un gioco dove però si mette in discussione la vita. Da questa prospettiva vedo la semplicità con cui un militante di Hamas, in un impeto di zelo o fervore, si avvicina al confine e lancia il suo razzo al di là del muro, senza avere la certezza di fare alcuna vittima, solo per dimostrare che può farlo; riesco a immaginare il soldato di Israele che preme il grilletto contro la folla che protesta troppo vicino al muro perché gli è stato insegnato che i palestinesi sono tutti terroristi e da considerare a un livello più basso di umanità; vedo le bombe lanciate per dimostrare spavaldamente chi ha il coltello dalla parte del manico in questa contesa tra ideologie, religioni e popoli che dura ormai da troppo tempo.

Giorno 3

Il capannone 3Run Gaza a Jabalia
Foto di repertorio del viaggio

*Manifesto di Hamas per la resistenza a Gaza e Gerusalemme (al Quds), Gaza, 2015.
Foto di Cristina Mastrandrea*

Giorno 4

> *"Quando religione e politica viaggiano sullo stesso carro, i viaggiatori pensano che niente li possa fermare. Vanno sempre più rapidi, rapidi, rapidi. Non pensano agli ostacoli e si dimenticano che un precipizio si rivela sempre troppo tardi."*
> Frank Herbert, Dune

30/12/2014
Beit Hanoun, Gaza, Palestina.

Scendiamo nella *hall* dell'albergo molto presto. Dopo la nottata di spari pensavo che ci avrebbero presi e fatti uscire dalla Striscia di Gaza in fretta e furia. Invece, troviamo l'albergo vuoto. Insieme a Red mi aggiro alla ricerca di qualcuno e scopro che la colazione viene servita al quinto piano e non al pianterreno. Al posto di una riunione per il ritorno a casa, troviamo un cameriere che ci offre un tè. Tè alla salvia ovviamente. Buono. Facciamo tutti finta di nulla. I bombardamenti della notte precedente rimangono solamente nelle nostre conversazioni private. Vengo a sapere che quei bombardamenti erano diretti ai pescatori gazawi dalla marina israeliana, per difendere il confine marittimo, a volte sancito a otto miglia nautiche, altre volte a cinque, anche se dagli accordi di Oslo del 1995 dovrebbe essere a 20 miglia nautiche. Queste variazioni mandano in confusione i poveri pescatori che, ignari o per necessità di pesca, superano i limiti a loro imposti. La mattinata procede come se nulla fosse successo e, del mio fottuto lasciapassare di Hamas, ancora nemmeno l'ombra.

Per l'allenamento siamo diretti a Jabalia, come il giorno precedente. Da programma saremmo dovuti andare in *outdoor*, ma ci conducono sempre nella palestra dei "3Run". Un po' seccati, decidiamo di cominciare lì e poi vedere il da farsi, tra l'altro oggi siamo solamente noi del parkour, senza intermediatori culturali o traduttori. Abbiamo deciso che per riuscire a fare il nostro lavoro dovremo scremare i partecipanti e, quindi, istituiamo delle sfide fisiche selettive da fare prima degli allenamenti: solo chi le supererà potrà prendere parte all'allenamento. Una soluzione utile sia come spinta motivazionale, sia come modo per far arrivare bene e in fretta il concetto di condizionamento fisico e mentale. Decidiamo di iniziare con le sfide fisiche di resistenza: se la mente vuole, il corpo riesce a sopportare la fatica. Comincio io e propongo una tenuta isometrica di *plank* per venti minuti. Tuttavia, dopo solo dieci minuti ci rendiamo conto che quasi tutti i ragazzi sono a terra. Un po' scoraggiati ci fermiamo quindi alla metà del tempo programmato. Cominciamo poi a fare esercizi di *rolling*, una tecnica di rotolamento fondamentale del parkour, simile a una capovolta, necessaria a dissipare l'energia di un impatto in seguito a caduta o a salto e per nulla facile da fare per bene. Avendo conosciuto in Italia alcuni dei ragazzi e avendo studiato a fondo tutti i video che producono i gazawi sul parkour, sapevo che le tecniche di salvaguardia non erano ben approfondite e proprio per questo mi è sembrato utile insistere molto su questo aspetto.

Qui a Gaza, dagli autisti ai ragazzi che alleniamo, come pure gli uomini che lavorano nel capannone, sono tutti di una cortesia quasi imbarazzante. Non appena percepiscono una nostra necessità, si attivano per risolvere il problema. Così, anche quando chiediamo l'acqua per tutti i partecipanti all'allenamento, non battono ciglio e si prodigano per portarci numerose bottigliette. Ingenuamente, realizzo solo dopo che per loro l'acqua rappresenta un bene non comune, le cui risorse sono molto limitate. E, infatti, nessuno dei ragazzi del parkour comincia a dissetarsi prima che io e gli altri italiani abbiamo bevuto a sufficienza.

Altra nota particolare è l'impossibilità di far bere i maschi dalla bottiglia dopo Betta. E, pensandoci bene, nessuno l'ha mai toccata per stringerle la mano o per darle una pacca amichevole su una spalla, cosa che invece fanno con noi in continuazione.

A pranzo, il padrone del capannone, un uomo amichevole e alla mano, ci invita a mangiare nel suo ufficio in costruzione, insieme ad alcuni altri ragazzi. Mangiamo falafel e un sacchetto di quelle verdure fluorescenti grondanti aceto. È difficilissimo, terminato il pasto, rifiutare le offerte di strani dolcetti. È difficilissimo in realtà rifiutare qualsiasi cosa da loro offerta. Sembra quasi come quando da bambino andavo a trovare mia nonna al paese, dove era impossibile farle capire che ero sazio e, per non farla rimanere male, dovevo mangiare ancora e ancora. Sembra che la prendano sul personale. Improvvisamente, il pasto si trasforma in un cerimoniale, ci consegnano una sciarpetta e una spilla palestinesi e, come di consueto, immortalano ogni istante con tante fotografie.

Appena finito di mangiare, decidiamo di farci accompagnare in giro, per cercare un posto dove allenarci *outdoor*, finalmente per strada!

Ci incamminiamo per le strade di Jabalia e fa uno strano effetto sentirsi tutti gli occhi addosso. Passiamo per strade piene di gente e tutti ci guardano, ci salutano. I bambini non resistono e ci circondano. Incontriamo un bimbo con i capelli pieni di gel a cavalcioni di una bicicletta rivestita di una strana moquette grigia, è evidente che sia tanto orgoglioso del suo destriero peloso, anche se, ai nostri occhi, è una visione piuttosto grottesca.

I palazzi che incrociamo sono rovinati dal tempo, alcuni crivellati da proiettili e da missili, che hanno fatto esplodere interamente diversi piani di una palazzina. Attraversiamo un parco e arriviamo in una piazza perfetta per l'allenamento, di fronte alla moschea Sheikh Zayed, senza indugiare oltre ci facciamo raggiungere da tutta la ciurma. Attendendo l'arrivo di tutti e, per ingannare l'attesa, Mohammed dei "3run Gaza" decide che deve insegnare a Red il *flick* all'indietro, io e Gato ci gustiamo la scena a poca distanza, notando gli sguardi compiaciuti di Mohammed che finalmente può dimostrare tutta la sua bravura come insegnante.

All'arrivo dei ragazzi, cominciamo con una sfida fisica selettiva tenuta da Red, che però degenera presto nella confusione perché in tre non riusciamo a gestire le esuberanze dei nostri studenti e ci troviamo costretti a fare una pausa per poter riprendere da capo con il giusto criterio. La pausa, però, non aiuta a ritrovare il giusto equilibrio: uno dei ragazzi che ci aiuta come interprete, infatti, si fa male a una gamba, facendo acrobazie per le telecamere di una tv locale venuta apposta per noi: ha una ferita aperta sullo stinco e viene immediatamente portato all'ospedale. Prima di ricominciare decidiamo così di fare una ennesima ramanzina al gruppo, il compito del poliziotto cattivo spetta a Gato che dice ai ragazzi di non fare gli immaturi, altrimenti non sarà possibile per loro essere presi seriamente in considerazione sia da noi sia dagli abitanti di Gaza non praticanti. Gato gli chiede anche come possa essere possibile che da musulmani non riescano ad imporsi delle regole e poi seguirle. La questione religiosa nella mia testa era stata settata su off prima dell'ingresso a Gaza, non sapevo come avrebbero potuto reagire a degli stimoli così personali come il credo religioso e Gato mi spiazza un po' con questo paragone, che però in effetti ha il suo senso e non sembra turbare nessuno. Scoraggiati dall'accaduto, optiamo per fare una quadrupedia, cioè una camminata a quattro zampe su mani e piedi molto, molto lunga. Comincio a notare che, a parte pochi ragazzi che fanno come vogliono, o non fanno gli esercizi, gli altri ci tengono ad allenarsi, nonostante le vistose fasciature alle mani o alle spalle. Mi spiegano che per loro questa è un'occasione preziosa, da non perdere, perché è la prima volta che insegnanti di parkour internazionali riescono ad entrare a Gaza.

Vogliono seguire tutte le nostre indicazioni e sottostanno a tutto il duro condizionamento che è ancora più impegnativo a causa di alcuni indisciplinati. Mi risulta difficile far loro capire che non c'è disonore nel riposarsi se infortunati e che possono anche rubare con gli occhi, per potersi poi allenare una volta superato l'infortunio. Mi sorprende la forza d'animo e di corpo che vedo in molti di loro.

Durante questa sessione, la prima *outdoor*, l'interazione con i locali risulta inevitabile e presto una folla di persone si raduna in piazza per vederci. Anche se, inizialmente, tutte queste persone non ci infastidiscono, più passa il tempo più accusiamo la loro presenza: si avvicinano, anche intralciando i percorsi che stiamo utilizzando. Alcuni passanti ci provocano, chiedendoci perché non siamo in moschea a pregare invece di camminare a quattro zampe per la piazza. Gato, da bravo bergamasco, risponde a tono, e li invita ad allenarsi insieme a noi, invece di andare a perdere tempo pregando in moschea. Io mi gusto la scena poco distante, mentre cammino a quattro zampe, immaginandoci tutti lapidati a breve per la nostra empietà.

L'intromissione non è ancora finita, infatti, a un certo punto, uno dei nostri ragazzi comunica a Betta che forse è il caso di non allenarsi, a causa di un gruppo di persone che la segue costantemente e commenta con parole che non ci vengono riferite per l'imbarazzo. Betta, purtroppo, è costretta a interrompere il proprio allenamento, limitandosi a seguirci, stando sempre attaccata al Gobbo, che è abbastanza grosso da scoraggiare ulteriori attenzioni inopportune.

A questo punto siamo riusciti a fare gruppo, i ragazzi che alleniamo hanno automaticamente assunto dei ruoli: chi sa l'inglese ci aiuta nelle traduzioni,

Giorno 4

i più grossi ci fanno da *bodyguard*, fungendo da cuscinetto con gli estranei, quelli con più carisma o esperienza ci aiutano a gestire la classe. C'è una naturale predisposizione all'assegnazione di ruoli in questa comunità. Forse data dallo stile di vita che c'è a Gaza, soprattutto nei campi profughi, dove i ragazzi crescendo per strada, in una società dove le istituzioni sono presenti ma non forti, tutti imparano presto a fidarsi dei compagni con più esperienza e a prendersi cura di quelli più giovani. Una struttura di "branco" funzionale, dove è inevitabile un'assegnazione dei ruoli non strutturata, ma naturale: chi ha più carisma o forza si impone semplicemente sugli altri, assumendo la leadership e al contempo la responsabilità del gruppo. Purtroppo, il lavoro che dobbiamo fare qui sarà ancora più difficile proprio per questo: dobbiamo considerare questi schemi e gerarchie sociali nel nostro programma di formazione, per riuscire nel nostro intento di fornire strumenti per la pratica e per l'insegnamento.

Finiti gli allenamenti, andiamo a vedere alcuni dei posti di Gaza più colpiti dai bombardamenti della guerra dello scorso luglio ed agosto, andiamo a Beit Hanoun, nella zona Nord. Ci accompagna uno dei nostri interpreti, Sami, e ci spiega un po' la dinamica del conflitto, ci dice che questo attacco è stato uno dei più devastanti, soprattutto a causa della sistematicità e della frequenza dei bombardamenti. In pratica, è stata allargata la buffer zone - la zona cuscinetto - radendo al suolo interi quartieri. I missili hanno colpito non soltanto le presunte sedi di terroristi, ma anche le moschee, i luoghi di aggregazione, lo stadio, i mercati e le abitazioni dei civili. Sono state colpite anche le tanto preziose cisterne di acqua.

Questa volta interi quartieri sono diventati un cumulo di macerie. Sami ci racconta di crudeli strategie di guerra che io stento a credere possibili, come il bombardamento mirato su zone appena colpite dal fuoco israeliano per distruggere l'apparato dei soccorsi: autoambulanze e medici in primis; o il preavviso di soltanto pochi minuti all'invio di missili; o, solo per creare panico e disorientamento fra i civili, a volte la diffusione di falsi allarmi.

Man mano che ci inoltriamo nella città, le strade si fanno più strette e c'è un viavai continuo di gente indaffarata in movimento. Le varie zone sono contrassegnate da insegne colorate e Sami ci spiega che ogni colore appartiene a un partito: verde, Hamas; rosso, Fronte Popolare; giallo, Al Fatah;

nero, Isis. È pieno di bandierine, striscioni e insegne verdi, ma anche il giallo e il rosso non se la cavano male, non vedo nulla di nero, anche se mi dice che qualcosa dell'Isis c'è. Più avanziamo più sono frequenti i palazzi bombardati, si cominciano a vedere isolati interi distrutti, con palazzine divise a metà, che con nostra infinita sorpresa sono ancora abitate: le pareti mancanti sono rattoppate con teloni, dai quali fanno capolino dei bimbi che ci guardano sorpresi.

Alla fine, la macchina si ferma e noi scendiamo nel bel mezzo del disastro più completo. C'è una distesa di macerie e crateri di una ventina di metri di diametro e di una decina di profondità: lì una volta c'erano case. Diventiamo muti. Molti cominciano a fotografare quelle macerie, presi da una febbrile ricerca di immortalare quello scempio, come se, per essere sicuri che fosse reale, ci servisse catturare l'immagine con l'obiettivo.

Il colpo d'occhio restituisce dei crateri in un letto immenso di macerie, e il cuore si ferma quando, camminando tra i detriti, vedo una spazzola, una pentola, un orsacchiotto. Realizzo a pieno solo ora che quella distesa di immondizia e rovine erano una volta case, con gente che ci viveva dentro, donne, uomini e bambini. Risaliamo in macchina e raggiungiamo un'altura dove era situata la cisterna che riforniva di acqua quella parte della città, tra le prime cose distrutte durante l'attacco. Praticamente, a luglio e agosto, tutto il confine di Gaza è stato bombardato e raso al suolo. È difficile descrivere quello che si prova. Una sensazione di desolazione infinita, guardando tutte quelle macerie che erano palazzi e non riuscendo bene a razionalizzare tutta quella distruzione, mi sento sommerso dalla devastazione. Penso a quanto lavoro servirebbe per ricostruire quelle palazzine, agli sforzi per organizzare un centro abitato; penso alle persone che avevano una casa e penso con quanta facilità tutto possa essere azzerato. Penso all'impotenza che si ha di fronte alle atrocità della guerra e penso a quante vite umane perse corrisponda tutto quello spazio pieno di macerie. Mi sento in colpa come occidentale per non aver fatto nulla, per non aver saputo abbastanza. Ho la bruttissima sensazione di essere qui come un turista colpevole: sono in un campo di battaglia ma non ho vissuto la guerra. Come in un giro turistico, ci portano a vedere i quartieri distrutti, le case diroccate ma ancora abitate, dove però non ci sono monumenti famosi da ammirare ma solamente rovine da compiangere.

Giorno 4

Dovevo venire qui per vedere, per rendermi conto, per credere. Sono qui e non ci credo. Fatico a rendermi conto dell'atrocità della situazione. Anche se so che parte del mio ruolo qui è proprio quello di vedere per poter far uscire queste informazioni. Non mi sento sollevato e sento la forza della sofferenza che permea quel luogo, che mi schiaccia.

Zona bombardata di Beit Hanoun
Foto di repertorio del viaggio

A trip to Gaza Strip

Shejaiya, quartiere ad est di Gaza City ridotto in macerie, Gaza, 2015
Foto di Cristina Mastrandrea

Giorno 5

"Le leggi repressive tendono a rafforzare ciò che proibiscono. Questo è il punto che tutti i legislatori della nostra storia hanno usato come garanzia per il proprio lavoro."
Frank Herbert, Dune

31/12/2014
Università di Al-Aqsa, Khan Younis, Gaza, Palestina.

Oggi siamo diretti all'Università di Al-Aqsa, nella zona Sud. Sono proprio curioso di vedere una delle università di Gaza. Percorriamo il lungomare con un piccolo pullman e passiamo davanti a dei campi usati per l'addestramento dei miliziani, che si stanno esercitando nel lancio dei razzi e con i fucili d'assalto. Vorremmo fare qualche foto anche di sfuggita dal pullman, ma ce lo sconsigliano vivamente. Valerio ci rimane malissimo quando gli impediscono di documentare quello che sarebbe stato uno scoop fenomenale, non credo infatti che ci siano immagini pubbliche di quei campi. In effetti, però, quelle immagini potrebbero essere un grave problema di sicurezza per le autorità di Gaza.

L'università è un posto molto bello con diversi edifici circondati da giardini e stradine. Appena arrivati, ci accoglie il rettore nel suo ufficio e ci dà un benvenuto formale, ci offre del caffè e ci parla della sua università, quella con il maggior numero di iscritti a Gaza. Con noi ci sono anche il responsabile delle ginnastiche, Mohammad dei "3run Gaza", e uno dei ragazzi che ci aiuta nelle traduzioni. Dopo la riunione, ci assegnano una scorta di Hamas e ci portano a vedere una palestra di ginnastica dove ci intrattengono, con uno spettacolo di contorsionismo messo in atto da un bimbo di forse dieci anni. Non so che dire, non penso sia salutare l'allenamento a cui è sottoposto il ragazzino per arrivare a fare quel tipo di performance, Gato si limita a domandare se il bambino è contento dei suoi allenamenti e la risposta è: "Certo!". Nessuno sembra cogliere il nostro imbarazzo.

Insistiamo per andare a fare un giro per la facoltà, in modo da trovare un luogo idoneo all'allenamento, e per sganciarci dalle formalità che ci stanno appesantendo. Individuiamo subito un paio di posti, ma siamo curiosi e continuiamo a farci portare in giro per l'ateneo. Ci portano in un'ala dove ci sono moltissime donne, non sarebbe permesso agli uomini entrare ma, grazie alla forza della cooperazione internazionale, ci lasciano dare un'occhiata. Gato ed io, non dando peso all'evidente imbarazzo del professore e della nostra scorta, ci fermiamo proprio lì e, immediatamente, abbiamo un'idea sovversiva e un po' irriverente: cominciare un allenamento misto ragazze e ragazzi. Ne parliamo anche con Meri, che d'accordo, ci dà l'ok per iniziare.

Inizialmente, ci organizziamo in due gruppi separati, con Betta che conduce le ragazze e noi a fianco con alcuni ragazzi, quelli che ci stanno aiutando in questi giorni e ci stanno seguendo dappertutto. Poi mescoliamo le carte facendo una corsa tutti insieme. Un campo da calcio pieno di ragazze e ragazzi che si allenano nello stesso posto e per di più contemporaneamente non è per nulla scontato in uno stato islamico. Ovviamente, ci guardiamo bene dal far avvenire il minimo contatto fisico, svolgendo questi esercizi in uno spazio molto più ampio di quello che sarebbe stato necessario. L'impatto di questa novità è esplosivo: in cinque minuti le gradinate si riempiono di un centinaio di ragazze che ci osservano e incitano le loro compagne, i nostri ragazzi sono galvanizzati, perfino Slot che non si è praticamente mai allenato seriamente, riscopre la disciplina ed esegue tutte le quadrupedie e gli esercizi che gli proponiamo. L'allenamento ha vita breve, la scorta di Hamas ci sollecita a ripristinare l'ordine, suggerendoci di raggiungere il resto dei nostri ragazzi che non può entrare ad allenarsi con le ragazze. Lasciamo così Betta ed il suo coraggioso manipolo di atlete e ci dirigiamo dai nostri.

È arrivato il momento di procedere con le prove di selezione con la corsa e le quadrupedie su asfalto, e ancora ci sono un po' di problemi nell'accettare il fatto che non faremo allenare chi non vuole faticare. Ad un certo punto, un piccolo gruppo di ragazzi, studenti dell'Università capeggiati da uno in particolare, ci si avvicina con fare minaccioso, facendoci capire, senza mezzi termini, che ce l'aveva con noi. Ovviamente non capiamo il significante, ma il significato è chiaro. Siamo visti come degli estranei fastidiosi, abbiamo perfino osato interagire con le ragazze locali nell'area a loro riservata. E, in effetti, forse siamo entrati troppo a gamba tesa, sovvertendo gli usi del posto. Come tutte le interazioni che ho visto in loco, anche questa è molto animata e insistente, lo studente cerca sempre più lo scontro, fino a quando la nostra scorta degli

uomini di Hamas, senza troppe cortesie, lo prende di peso e lo allontana.
Nel frattempo, ci rendiamo conto che i nostri sforzi per selezionare i più volenterosi sono vani: chi si sente stanco o svogliato si allontana e poi, a causa del grande numero di allievi presenti, quando si sente riposato, si intrufola di nuovo e continua ad allenarsi senza rispettare le regole. Decidiamo quindi di non allontanare più nessuno e tiriamo dritti fino all'esaurimento forze, almeno le nostre.
Nel pomeriggio, ci concentriamo sullo scheletro di un ring di pugilato semi smantellato, che è ottimo per fare percorsi e movimenti di fluidità. Inizialmente, i ragazzi non sembrano capire l'utilità di un allenamento senza capriole volanti e salti stratosferici, poi pian piano, alcuni trovano perfino gusto nello studiare il percorso, nell'usare il numero essenziale di passi, nel pulire e raffinare i movimenti.
Tornando in hotel, seduto nel pullman, penso agli autisti che abbiamo incontrato in questi giorni, alle macchine piene di strani orpelli e suppellettili, decorazioni e tendine trapuntate e alla musica sempre ascoltata a volume troppo alto. Ma, soprattutto, rifletto sul loro stile di guida. Il codice della strada è totalmente opzionale: corrono velocemente fin quando possono, poi inchiodano in prossimità di dossi o quando sono troppo vicini ad altre vetture. E ancora parlano al cellulare durante il viaggio, non mettono mai la cintura di sicurezza e, addirittura, si offendono se la mettiamo noi. Le rotatorie sono sistematicamente prese contro mano se si deve andare a sinistra. Tutti suonano costantemente il clacson: che sia per salutare un conoscente, per inveire contro qualche altro automobilista, per avvisare della propria presenza o di un sorpasso o, semplicemente, per spaventare un asinello e il suo conducente su uno di quei carretti che popolano le strade e accanto ai quali sfrecciano come matti, cosa che sembra essere particolarmente divertente per loro.
Ci sono molte moto, pesanti, grosse e vecchie, Meri dice che sono entrate in massa dall'Egitto con i tunnel anni fa, ed in quel periodo tutti finivano sempre a terra perché ancora non le sapevano guidare. Uno degli autisti che ci accompagna con la propria macchina continua a dialogare amabilmente con noi in arabo e quindi praticamente parla da solo. Solamente Red gli risponde ma in italiano, così si perdono in discorsi su due mondi paralleli, non capendo

uno una parola detta dall'altro. La scena ci dà materiale per ridere fino a sera. Questo autista in particolare ama, oltre che correre come un matto, mettere una orribile musica dance araba ad altissimo volume, così forte che, alcune volte, ho dovuto realmente tapparmi le orecchie per il dolore al timpano. L'altra sera, lui e alcuni suoi amici incontrati davanti all'hotel si sono cimentati in ripetute accelerate e sgommate con la macchina di fronte a tutti noi che guardavamo lo spettacolo offerto, tra lo stupito e l'esterrefatto. Sembra che a tutti piaccia mettersi in mostra, dal bimbo con la pacchiana bici pelosa agli adulti con le loro sgommate con le macchine, fino ai salti acrobatici del parkour.

Questa sera è Capodanno e, nel nostro hotel si raduna gran parte della cosiddetta Gaza bene. Uomini molto distinti e donne elegantissime con veli delle più disparate fogge e colori riempiono la sala ristorante. Ci si prepara a una grande festa: musica ad altissimo volume, luci colorate ed altrettanto variopinte bevande, rigorosamente analcoliche, riempiono la sala. Noto un paio di ragazze "alternative" che al posto del velo portano un grosso berretto di lana con visiera che copre in ogni caso tutti i capelli e, cosa non comune, che fumano. Gli uomini, invece, fumano tutti e tanto, difatti la sala si riempie immediatamente della nebbia delle sigarette e dei narghilè.

Mangiamo moltissimo e benissimo, la serata è tenuta viva da un tizio che non smette un attimo di parlare e che, con il suo microfono, passa di tavolo in tavolo per fomentare il clima festoso.

Ma non è finita qui. L'organizzazione prevede anche un'esibizione di breakdance stile robot, molto anni Ottanta e uno spettacolo di magia, con un prestigiatore per niente bravo, che stupisce la sala con il trucco della corda che rimane tesa da un lato e che si affloscia se girata dall'altro.

L'euforia è grande e generale, le musiche arabe sono accompagnate dal battito di mani dei presenti. Conto alla rovescia verso il nuovo anno, tanti auguri scambiati, con il sottofondo natalizio di Jingle Bells, cantata non in inglese, ma in arabo.... a Capodanno. Siamo un po' confusi, ma ci lasciamo trasportare lo stesso dalla gioia collettiva. Il nostro traduttore ci rallegra spiegandoci che la scritta sul nostro tavolo dice: "delegazione italiana" e, guardandoci in faccia, ridiamo di noi stessi. In effetti sembriamo più una strana armata Brancaleone: vestiti in tuta, siamo totalmente fuori contesto per quella serata così raffinata.

Giorno 5

Tutto è molto divertente, ma io smanio sulla sedia. Mi basta incrociare lo sguardo di Gato per far partire la nostra *night mission*: ci alziamo e andiamo in perlustrazione per trovare il modo per arrivare sul tetto dell'edificio. Anche Red, entusiasta, è dei nostri.

È un gioco che facciamo spesso tra praticanti di parkour quando ci incontriamo, lo chiamiamo *night mission*, appunto, perché in genere accade di notte e consiste nel trovare un edificio, possibilmente abbandonato, dove poter raggiungere il punto più in basso o il punto più in alto della costruzione con tutti i mezzi parkouristici a nostra disposizione, senza, ovviamente, farci notare da altre persone.

Qui in hotel, siamo fortunati, dopo poco troviamo una botola dalla quale arriviamo sul tetto. Gato, Red ed io ci godiamo una splendida vista sul mare e sulla moschea illuminata a giorno, ammiriamo l'orizzonte e le imbarcazioni dei pescatori con le loro grosse luci, le lampare, che servono ad attirare i pesci. Mi tornano alla mente alcune cose viste oggi, penso al ruolo della donna, come sia poco considerata e oppressa. E non intendo solamente per il velo. Penso alla libertà e all'indipendenza che qui più che altrove le donne non possono raggiungere e alla scarsa considerazione che la società ha di loro. Dopo la mia visita all'università, sono rimasto stupito dal grande numero di ragazze che la frequentano: al di fuori si vedono per lo più donne anziane e bambine e, per la strada, non si incontrano ragazze dai 14 ai 50 anni. Il ruolo sociale della donna è molto marginale, le più fortunate studiano anche all'università ma poi, una volta sposate, molte di loro, passano da essere di proprietà del padre a quella del marito. Non per tutte però è così.

Red e io, nel pomeriggio, mentre prendevamo un tè alla salvia, abbiamo avuto la fortuna di incontrare nel nostro albergo due ragazze ed abbiamo potuto chiacchierare un po' con loro. Una è un'insegnante e l'altra una dottoressa, ci chiedono cosa siamo venuti a fare a Gaza, sono interessate al progetto di scambio e formazione che stiamo portando avanti e alla possibilità di far conoscere la situazione di Gaza al mondo. Anche in base a quello che ci ha detto Betta sulle ragazze con le quali si è allenata, trovo molto alto il livello intellettuale e culturale delle donne. Molte più donne parlano inglese rispetto agli uomini, sono più informate ed in generale più aperte mentalmente. C'è un fermento intellettuale veramente forte in questa comunità femminile, c'è curiosità e una voglia di comunicare perfino maggiore di quella che ho riscontrato nella comunità maschile. In effetti, non mi stupisce come la pressione di una vita difficile, in un territorio sotto occupazione militare, unita a una condizione di discriminazione sessuale, abbiano contribuito a creare un forte senso di gruppo e solidarietà nella comunità femminile. Spesso le donne sfruttano i vincoli loro imposti per la loro crescita intellettuale: nascondono libri nelle vesti larghe per scambiarli con altre donne; non potendo uscire di casa, studiano e, non potendo frequentare uomini, si incontrano tra loro scambiandosi idee e opinioni. Purtroppo, in queste condizioni, anche la mente più brillante e geniale, se di una donna, non ha il potere di contribuire concretamente al miglioramento della società proprio a causa di questa condizione sociale.

Quello che mi fa pensare, però, è come naturalmente e in breve tempo Betta sia stata accettata dalla comunità maschile dei praticanti, sia come compagna di allenamento sia come fonte utile di consigli. È evidente come l'esclusione forzata delle donne dalla vita politica e sociale vada in contrasto con una predisposizione umana allo stare insieme. Se si tornasse a un regime non integralista, probabilmente, la situazione cambierebbe in breve tempo.

Guardo la splendida moschea sotto di noi e provo un gusto dolce amaro pensando ad alcune delle contraddizioni di questa terra.

Soddisfatti della missione compiuta, Red, Gato e io torniamo in sala e, passando per i tavoli, raccogliamo l'acqua avanzata per farne bottiglie che domani, in allenamento, risulteranno utilissime. Ne distribuiamo anche alcune ai compagni e ci ritiriamo nelle nostre stanze.

Giorno 5

Io e Betta al centro culturale Rashad Al-Shawaa
Foto di repertorio del viaggio

A trip to Gaza Strip

Gaza, 2015
Foto di Cristina Mastrandrea

Giorno 6

"Cerca la libertà e sarai schiavo dei tuoi desideri.
Cerca la disciplina e troverai la libertà."
Frank Herbert, Dune

01/01/2015
Cimitero e campo profughi di Khan Younis, Gaza, Palestina.

Oggi è il primo giorno dell'anno, l'autobus con i ragazzi ci aspetta fuori dall'hotel, al contrario del solito, sono tutti in forte anticipo. Noi dobbiamo ancora finire la nostra colazione, siamo nettamente in ritardo. Dobbiamo sbrigarci e, assonnati, ci avviamo ad affrontare una nuova giornata di allenamenti. Siamo diretti all'iconico spot di Gaza, quello del cimitero di Khan Younis. Per strada, contrariamente a quanto successo nei giorni scorsi, incontriamo ben quattro controlli dei miliziani di Hamas, armati di fucili d'assalto Ak47 e bandiere verdi. Essere fermati è sempre fonte di ansia e paura, anche se per noi non ci sono problemi di nessun tipo. Qui a Khan Younis vedo enormi palazzoni popolari e, in generale, è percepibile come ci sia ancora più povertà e degrado del solito. Alcuni ragazzi di "parkour Gaza" sono già intenti a scalare la facciata di un edificio e ho l'impressione di essere dentro la scena del film "Yamakasi", quando in Francia, nelle *banlieue* parigine, i ragazzi che hanno dato la spinta iniziale al movimento dell'Art Du Deplacement e Parkour, scalano a mani nude il palazzo chiamato i Fiordalisi. Queste pareti, con le loro rientranze, sembrano create apposta per arrampicarsi. Senza dubbio, ci vuole del fegato per arrivare a mani nude in cima a un palazzo di cinque piani e, temerari e incoscienti come sempre, non avevo dubbi che i ragazzi di "parkour Gaza" ci avrebbero mostrato tutte le loro abilità.
La sessione di allenamento comincia con il riscaldamento guidato da Red. In lontananza, una forte esplosione mi mette in allarme. Tuttavia, i ragazzi di Gaza liquidano il fatto con un Qassam e qualche risata, così continuiamo gli esercizi, dedicandoci a una serie di risalite. Il gruppo viene diviso in tre: una parte con Red, una con Gato e una con me. Le risalite sono uno degli esercizi essenziali nella pratica del parkour e consistono nel rimanere appesi a un muro, per poi, grazie alla trazione delle braccia, arrivarci sopra in piedi. Questo esercizio, se

ripetuto a lungo, può essere molto faticoso. Il livello di preparazione fisica dei ragazzi di Gaza, seppur non sufficiente, viene bilanciato da una fortissima determinazione. Uno di loro, Sandokan, soprannominato così per il foulard che è solito indossare intorno alla fronte, ha affrontato tutte le risalite con una mano steccata, lasciandomi sbalordito per la sua ostinazione. Dal nostro arrivo ne abbiamo fatta di strada: siamo un gruppo con una nostra identità, ci sproniamo a vicenda, dandoci consigli e, finalmente, riusciamo a rispettare anche lo stare in fila. I ragazzi si fidano di me, Gato e Red, riconoscendoci autorevolezza e competenze. Fra i gruppi rimane viva una sana competizione, nella quale emerge la voglia di dimostrare di essere i migliori. I ragazzi si prendono in giro e, non appena qualcuno fallisce, l'altro parte con uno sfottò. Nelle risalite, data la brillante prova di forza che ho dato, mi guadagno la stima infinita di Big Rock, un enorme ragazzone fortissimo, che decide che sarà la mia guardia del corpo per il resto del tempo che passeremo insieme.

La sessione di potenziamento è stremante ma, non ancora paghi, ci concentriamo ora su tre stazioni tecniche: Red cura i salti di precisione su delle panchine, Gato si occupa di *palmspin*, un movimento di acrobatica proprio del parkour e io mi dedico allo studio del movimento sulle altezze, su una intelaiatura di travi di cemento sul tetto di una casupola nel parco. Quel punto esatto l'avevo già visto in alcuni video in Italia e un po' lo temevo. Quando si lavora sulle altezze, infatti, non bisogna dare nulla per scontato: occorre maniacalmente controllare lo stato dei materiali o, nello specifico, delle travi della struttura sulla quale si vuole salire. Inoltre i lavori introspettivi da fare sul controllo della paura e sulla gestione del rischio sono molto impegnativi se si insegna a ragazzi che non si conoscono bene. Avere uno studente che si rompe una gamba durante una sessione di allenamento gestita da me era il mio incubo da prima della partenza. Oggi, fortunatamente, sia le travi sia i ragazzi hanno retto…ed anche io. All'improvviso, sento da lontano Red che mi chiama e mi urla qualcosa. Lascio il mio gruppo nelle mani dei ragazzi più esperti e del traduttore e corro da Red: si è aperto uno stinco fino all'osso, scivolando sullo spigolo di una panchina.

In questa occasione scopro qualcosa di particolare: molti penseranno, come me prima di questa esperienza, che a Gaza ci sia una bassa considerazione delle ferite e della vita in generale, vista la loro condizione di guerra permanente.

Nulla di più falso. I gazawi dimostrano di essere perfettamente consapevoli dell'importanza di prestare cure immediate e competenti ai feriti. Red viene prontamente fasciato per bloccare l'emorragia, caricato di peso e portato in ospedale, dove se la caverà con quattordici punti di sutura e una ferita sul campo. Nonostante uno dei perni del nostro insegnamento ai ragazzi sia stata la sicurezza, siamo incappati in questa inconvenienza e, ora, siamo solamente Gato ed io a dover gestire gli allenamenti.

Dopo un'ora di pausa, decidiamo di spostarci nella piazza, sotto i palazzi che i ragazzi hanno scalato di mattina. Gato si occupa dei salti di precisione con rincorsa ed io di *foot placement*, cioè di attenzione ai movimenti da fare durante un percorso, tra un passaggio e l'altro, cercando di rendere la tracciata più essenziale e fluida possibile. Decido di optare per una sequenza di una semplicità imbarazzante, ma sembra che porre l'attenzione sul corretto posizionamento dei piedi sia ostico per la maggior parte dei ragazzi.

Nel frattempo, si è radunata nella piazza la solita folla di curiosi, saranno un centinaio: si avvicinano a noi senza curarsi del nostro percorso di allenamento e sono costretto ad allontanarli. Alcuni dei presenti, come al solito, ci provocano un po' con commenti e risate fuori luogo, mettendo in difficoltà e imbarazzo i ragazzi. Per fortuna basta poco per far decrescere l'attenzione e riprendere la nostra pratica in tranquillità. Durante il defaticamento vedo Red già tornato dall'ospedale: sarà stato via qualche ora e mi stupisco di come i tempi di attesa nei pronto soccorso in Italia sarebbero stati ben più lunghi. Sta bene, zoppica un po', ma è sorridente nonostante la vistosa fasciatura alla gamba.

Il tempo per allenarsi è terminato e io, mentre torniamo in hotel con il pullman, mi appunto sul taccuino qualche termine arabo che potrebbe essermi utile, come numeri, termini tecnici e parole che mi incuriosiscono.

Mohammed dei "3runGaza" è entusiasta di questo mio interesse per la loro lingua tanto che decide, senza possibilità di replica, di insegnarmi a contare da uno a dieci e darmi le basi dell'Islam: "Allah è l'unico Dio e Maometto è il suo profeta", che è la frase iniziale dei canti delle moschee che ormai sento da giorni, più volte al giorno. Rifletto sul fatto che qui la religione non è vissuta come in occidente oggi. La religione mi sembra permei la vita di tutte le persone: i concetti e i preconcetti religiosi sono comunemente accettati e applicati ad ogni aspetto del quotidiano. La vita sociale, come quella politica, è plasmata su queste regole che, molto spesso, non corrispondono a concetti di giustizia e uguaglianza, almeno non come li intendiamo noi. I più accettano di buon grado le imposizioni religiose, altri seppur sentano in loro una sincera spinta spirituale si ribellano come possono ai dettami della religione. Ho come l'impressione che qui la religione sia uno strumento di potere per mettere a tacere i diritti civili, giustificandone la privazione come qualcosa deciso da un bene superiore. In più il basso livello di istruzione della maggior parte della popolazione, come pure la povertà, non aiuta la presa di coscienza delle persone e permette ai regimi integralisti di rafforzarsi.

Mohammed continua la sua zelante opera di indottrinamento, ma la mia testa scoppia di informazioni di ogni tipo: sto anche pensando a come organizzare gli allenamenti dei prossimi giorni. Dissuado il mio fervente amico e gli prometto che i numeri li avrei senz'altro imparati, ma Allah e Maometto avrebbero dovuto aspettare ancora un po'. In hotel, ci attende il Comitato palestinese per l'abbattimento del muro: dignitari, ministri palestinesi, medici e imprenditori, per consegnarci il riconoscimento formale alla delegazione italiana. Alcuni giornalisti provvisti di telecamera chiedono le nostre impressioni su Gaza: cosa abbiamo trovato, cosa vorremmo dire al mondo, tutte questioni importanti che necessitano di una maggiore preparazione e di più tempo. Invece, in quaranta secondi, rispondiamo frettolosamente alle domande e ci rechiamo nella stanza accanto, dove ci attende tutto il comitato. Sono frastornato e poco sicuro delle mie affermazioni che avrei voluto ponderare di più. Durante la conferenza, ascolto con attenzione i vari interventi e, al termine, ricevo in dono una spilla e una kefiah della quale vado fierissimo. Sono emozionato e stupito di quanto la nostra presenza sia importante per loro. Stanco morto, mi ritiro in camera, riflettendo su quanti posti di blocco ho incontrato oggi e di come, per i ragazzi palestinesi, le esplosioni siano semplicemente dei Qassam su cui ridere e scherzare e non fonte di orrore e paura. Scopro anche che Qassam è un particolare tipo di razzo in acciaio, lungo circa 70 centimetri e pieno di esplosivo, è prodotto da Hamas e usato frequentemente dai palestinesi, prende il nome da un famoso martire palestinese, Izz al-Din al Qassam, considerato uno dei padri della resistenza anticoloniale. Non riesco a ridere di questo insieme ai ragazzi, i bombardamenti per me sono una novità di cui essere terrorizzato.

Giorno 6

Tornati in camera, noto che Gato sta armeggiando con quella che riconosco essere una provetta da laboratorio. Incuriosito gli chiedo spiegazioni e lui, tutto soddisfatto, mi mostra un piccolo aracnide appena raccolto e messo sotto alcool nella provetta. È un ragnetto piccolino, mi sembra uno di quelli che appartengono alla famiglia dei salticidi, con grossi occhioni sul corpo tozzo, peloso e che si muovono a scatti per predare le loro minuscole vittime saltando, rimanendo però ancorati al punto di partenza con un filamento di seta prodotto dal loro addome. Carinissime e innocue creature. Continuo a non capire, per cui Gato mi spiega che, vista la scarsa letteratura scientifica sui ragni in Medio Oriente, potrebbe darsi che questo esemplare da lui raccolto sia appartenente ad una specie ancora non nota alla scienza e quindi non classificata. Avere un simpatico animaletto che porta il tuo nome in qualità di scopritore è il sogno di qualsiasi scienziato, così supporto il mio amico anche di fronte ai suoi timori dei controlli ai vari *checkpoint* e in aeroporto. Non credo proprio che un piccolo aracnide potrà essere un problema di rilevanza doganale, per cui cerco di tranquillizzare Gato che nel frattempo continua e cercare soluzioni per occultare il suo preziosissimo campione biologico.

Cimitero di Khan Younis
Foto di repertorio del viaggio

A trip to Gaza Strip

Panni stesi tra le macerie di Shejaiya, Gaza, 2015
Foto di Cristina Mastrandrea

Giorno 7

*"Esistono menzogne più facili ad essere credute
della stessa verità."*
Frank Herbert, Dune

02/01/2015
Gaza city, Palestina.

Anche questa mattina si parte alla solita ora, oggi siamo diretti a Gaza City centro. Ci attende un piccolo bus sul quale gli organizzatori vogliono attaccare lo striscione della "delegazione italiana del Festival" che però, per paura che voli via, dobbiamo tenere con le braccia fuori dai finestrini. Arrivati in piazza, ci aspettano i saluti con le consuete strette di mano e poi possiamo cominciare ad allenarci. Red ha organizzato una sessione di condizionamento di addome, dimostrando come, anche da infortunati, si possa continuare a praticare. Troviamo anche il tempo per un discorsetto sulla *body armor* e, viste le vicissitudini del giorno prima, sull'importanza della concentrazione durante una sessione di allenamento.
È tempo di verticali. Mentre Gato gestisce il gruppo dei ragazzi che usano un muro per rimanere sulle braccia, io mi occupo di far fare agli altri verticali libere. Fomento i miei ragazzi, ormai ho capito come vanno stimolati. Se spronati e pungolati sull'orgoglio e sulla forza, ognuno di loro sposterebbe anche le montagne.
Gato, Red ed io stiamo facendo un lavoro difficile di formazione con un numero erorme di ragazzi e, a volte, siamo un po' duri. Questo piace ad alcuni e ovviamente meno ad altri. Ma riusciamo comunque a mantenere salda la nostra leadership. Tutti cercano di impressionarci, anche se, spesso, il risultato è l'opposto, con esibizioni eccessive, fuori luogo e seccanti. L'allenamento prosegue fra traversate in appensione su un muro, camminate in verticale e esercizi di equilibrio su sbarra. Il gruppo procede con diligenza, riuscendo ad autodisciplinarsi, grazie all'aiuto dei ragazzi più carismatici, come Big Rock, Sandokan, Hamsa e Mohammad.
Oggi è venerdì e, come loro abitudine, dobbiamo fare una pausa, perché tutti devono andare in moschea per pregare. Tutti, tranne Hamsa. Gli chiediamo il

perché, dato che sappiamo quanto sia devoto e, ci spiega che, se si svolgono i rituali tutti i giorni come si deve, non si ha bisogno di "recuperare" il venerdì. Sono stupito da quanti di loro, al contrario, non si dedichino con regolarità alle preghiere e debbano andare il venerdì in moschea.
Durante questa pausa, con Red e Gato andiamo a comprare qualcosa da mangiare e raggiungiamo i nostri amici *writers*, Tenia e Bruko, che fanno parte della carovana di cooperazione internazionale. Ovviamente, attiriamo l'attenzione di tutti, compresa quella dei poliziotti che sono di guardia di fronte al Parlamento e che, vedendoci, provano ad attaccare bottone in una strana lingua né inglese né araba. Quello che noto è una voglia generale di comunicare, che però è spesso bloccata dalla barriera linguistica, visto che quasi nessuno qui parla inglese, figuriamoci italiano.
Chiacchieriamo con una delle nostre guide e traduttore Bahaa, un signore molto sveglio e colto, che ha vissuto fuori dalla Striscia per diversi anni. Ci parla dei vari partiti politici in Palestina, in particolare a Gaza: ci racconta l'avvento di Hamas, di come le libertà personali ne abbiano sofferto, soprattutto le donne. Negli anni Settanta del Novecento, le donne a Gaza andavano in giro con la minigonna, oggi invece la maggior parte di loro porta il velo. Ci dice che qui la politica deve essere di fatti, non di parole. E i fatti sono la resistenza. L'organizzazione politica di Hamas va per la maggiore, ma ogni partito ha le sue Brigate, con campi di addestramento specifici per i vari tipi di armi, a partire dal Fronte Popolare fino ad Al Fatah. Tra l'altro, molto spesso in conflitto tra loro, anche con sanguinosi atti di guerriglia, alcuni dei quali si sono svolti qualche sera fa, mentre noi dormivamo tranquilli in hotel. Ci spiega poi come in un paese dove c'è l'occupazione militare straniera, se fai politica a parole non hai credibilità: secondo la nostra guida, per avere seguito si devono compiere azioni di resistenza, come, ad esempio, quella compiuta, qualche anno prima, dal Fronte Popolare che ha risposto all'uccisione di uno dei suoi leader con l'uccisione di quattro ministri israeliani. Oltre ad azioni come queste, Bahaa ci dice che tutti i caduti sotto i bombardamenti sono martiri: ci sono migliaia di martiri. Io credo che sia una magra consolazione, anche se, probabilmente, i familiari delle vittime riescono a trovare la forza per continuare a vivere in questa situazione anche grazie ad onorificenze del genere. In effetti, qui tutti ci tengono molto alle cerimonie.

Giorno 7

Il pomeriggio passa più in fretta del previsto. Il nostro autista, infatti, smanioso di tornare a casa, decide arbitrariamente di anticipare l'orario di rientro, facendoci concludere in tutta fretta, con due postazioni di allenamento sulla fluidità di movimento e una sfida di equilibrio, fallita miseramente perché la squadra non riesce a raggiungere i tre minuti di equilibrio che avevamo stabilito come obiettivo.

Ceniamo a casa di Bahaa, sedendoci tutti a terra, intorno a un ampio telo di plastica usato come tovaglia, su cui vengono posti grossi piatti dai quali tutti possiamo servirci insieme. Si mangia senza posate, perché al posto della forchetta e del coltello, si usano pezzetti di quelle squisite pagnottelle piatte per raccogliere il cibo. Non ho mai mangiato un couscous così buono, con verdure varie e carne di pecora bollita. Il pasto si conclude con un caffè al cardamomo, forse un po' troppo forte per i miei gusti, ma molto buono. Bahaa si rilassa e ci parla della guerra, di quando i carri armati israeliani sono arrivati di fronte casa sua per ucciderlo, lo hanno svegliato poco dopo che si era assopito insieme ad un amico, sull'uscio. La sua fortuna è stata la lentezza di movimento della torretta del carro armato, che gli ha concesso il tempo di raccogliere il suo fucile e scappare via.

Bahaa racconta di quando il fratello medico è stato colpito mentre andava in una zona vicina al confine, con un'ambulanza, dopo aver risposto ad una chiamata di soccorso, rivelatasi però una trappola da parte dell'*intelligence* israeliana. Suo fratello è l'unico ad essere rimasto vivo, avendo avuto la fortuna di essere stato sbalzato fuori dall'ambulanza. I racconti di guerra e della scampata morte sono narrati con una strana leggerezza: io fatico anche solo ad immaginare un carro armato minaccioso proprio dove, un minuto prima, stavo bevendo il mio caffè al cardamomo. Bahaa, invece, ride di come è riuscito a farla in barba alle pallottole. Dai racconti della nostra guida un concetto è sempre più chiaro: le persone qui rivogliono la loro terra, sono stanche di vivere sotto occupazione militare. L'identità del popolo palestinese, dice, si è fortificata e cementata proprio a causa di questo conflitto. In principio in quell'area, sia durante l'Impero ottomano che durante il mandato britannico, c'erano molte tribù, alcune stanziali e altre di beduini nomadi, di diverse provenienze etniche e religiose, che non si riconoscevano sotto un'unica entità, ma vivevano in relativa tranquillità e

A trip to Gaza Strip

tolleranza reciproca. Dopo la creazione dello Stato di Israele e, soprattutto, con l'inasprirsi delle politiche della destra sionista israeliana, tutte le persone che si erano sentite abbandonate e tradite dalla comunità internazionale, hanno reagito stringendosi attorno all'effige del popolo palestinese. Più parla più si fa viva la sua passione: lui è un militante del Fronte Popolare, arrestato da piccolo per attivismo, è stato espulso dall'Egitto durante una conferenza sui diritti umani, e solo da poco vi è potuto rientrare. Ora Bahaa sta aspettando l'apertura del valico di Rafah, a Sud, per poter uscire da Gaza verso l'Egitto. Mi sorprendo quando mi parla dei martiri, perché sembra non considerare un atto di terrorismo l'azione di farsi esplodere per eliminare un carro armato e i suoi occupanti, se il carro armato in questione è quello sul suolo di una terra occupata. Per lui è resistenza. Non riesco a dargli torto.

Ci racconta con fierezza anche degli ingegneri di Gaza che riescono a progettare e a realizzare i missili e i razzi con vecchi tubi dissotterrati. Ogni tipo di missile porta il nome di un famoso martire o combattente, come "Qassam" o "Guevara". Bahaa dice che oggi, con la tecnologia dei droni israeliani, è diventato impossibile lanciare i missili, perché i miliziani vengono subito avvistati e annientati, ma le varie Brigate scavano tunnel nel deserto o usano quelli scavati dagli israeliani durante le varie guerre, per poter aprire all'improvviso botole, compiere le azioni in programma e, in pochi minuti, far scomparire attrezzature e persone. Anche qui, fatico a visualizzare questa guerra di forze impari, da una parte droni radiocomandati e dall'altra picconi e pale. Ci parla con dignità del fatto che gli attacchi via terra, per ora, non sono mai riusciti a inoltrarsi troppo all'interno, perché il popolo intero insorge e infligge perdite troppo grandi agli invasori. Anche se fatico a credere che della gente comune possa fermare un esercito così potente e ben organizzato, gli dò credito e lo lascio parlare senza controbattere. Ci racconta ancora della tecnologia sovietica usata dal Fronte Popolare e di quella irachena usata da Hamas. Lui è un uomo di cultura e impegnato socio-politicamente come ce ne sono pochi a Gaza. Qui molte persone hanno un livello di istruzione e di cultura generale mediamente basso. Questo ovviamente regala una forte presa a movimenti "populisti" come Hamas, che ha destabilizzato il potere dei tradizionali partiti politici palestinesi. Oggi Hamas si è affermato e si sta strutturando sempre più, compare all'orizzonte anche la forza dell'Isis, ancora

Giorno 7

più integralista, avvezza a metodi terroristici ed ancor più destabilizzante per il mondo arabo ed islamico. La sua opinione è che queste forze siano foraggiate ed incoraggiate da chi ha veramente interesse nella destabilizzazione politica della Palestina, facendo forte presa sulla popolazione e compiendo atti che, però, non sono volti al benessere del popolo, ma servono solo come pretesto per il mantenimento dello status quo e quindi per continuare e giustificare la guerra in atto. In tutto ciò non dimentico di "ascoltare solo una campana", e peso le sue parole in relazione alla situazione, ma oggettivamente alcune cose sono indiscutibili ed altre fanno molto riflettere.

Io e Gato nella piazza del Parlamento di Gaza City
Foto di repertorio del viaggio

A trip to Gaza Strip

Manifesto di Fatha con l'immagine di Yasser Arafat, Gaza, 2015
Foto di Cristina Mastrandrea

Giorno 8

"I Fremen erano i supremi maestri della qualità che gli antichi chiamavano -spannungsbogen-: l'imposizione volontaria di un indugio fra il desiderio di una cosa e l'atto di procurarsela."
Frank Herbert, Dune

03/01/2015
Piazza del Parlamento, Gaza city, Palestina.

Ultimo giorno del Festival, anche oggi a Gaza City, nella Piazza del Parlamento. Insieme a Gato decidiamo di proporre un allenamento cardio-tecnico. Cominciamo tutti assieme il riscaldamento poi dividiamo i praticanti in due gruppi e iniziamo una corsetta di un'ora senza mai fermarci. Inseriamo elementi tecnici nel percorso, scavalchiamo ostacoli, ci arrampichiamo e saltiamo giù da muri e muretti. I ragazzi che ancora ci seguono sono entusiasti, il numero è calato rispetto ai primi giorni ma sono comunque più di quaranta e sono tutti motivatissimi. Abbiamo scelto questo tipo di allenamento anche a causa della pioggia. Non avrei mai immaginato di trovarla qui a Gaza. I ragazzi non sono abituati a praticare sotto la pioggia e la nuova esperienza rende ancora più particolare ed indimenticabile la giornata. Arrotolo la kefiah intorno alla testa per proteggermi dalle gocce di pioggia e comincio ad allenarmi. Alla fine, dopo un'ora di corsa, salti e scavalcamenti, siamo tutti distrutti. Ci mettiamo in cerchio e guido io lo stretching per il defaticamento di fine sessione. Abbiamo raggiunto un grado di attenzione nel gruppo tale da poter riproporre la formazione circolare e questo ci rende molto soddisfatti. Visto che non abbiamo ricevuto istruzioni riguardo la distribuzione delle scarpe che abbiamo portato dall'Italia e non sapendo più che farcene di quelle borse piene, abbiamo la pessima idea di distribuirle in quel momento. A fatica riesco a tenerli in cerchio, il defaticamento e lo stretching sono ormai in secondo piano, l'attenzione è tutta sulle scarpe. I ragazzi sembrano tutti in quello stato che noi biologi chiamiamo: "frenesia alimentare", ma senza cibo. Solo per le scarpe. Sono vani i tentativi di convincerli che il buon atleta non si vede dalle calzature ma loro, appena possono, ci fanno notare entusiasti che sono riusciti ad averle dello stesso colore delle nostre. Quel marasma attira anche persone estranee e il nervosismo sale per noi come per i nostri studenti. Un paio di ragazzi che non avevo mai visto cercano di dirmi qualcosa. Si battono sul petto con le mani e fanno il gesto del fucile, dicendo tra le altre cose parole che ormai mi suonano familiari come: "Ana… Hamas… Bot!!!!". Non ci vuole un genio per capire qual è la loro richiesta: le scarpe. Ma in questi giorni ho imparato a conoscerli e quindi, anche se con un po' di ansia e visto che i fucili veri non ci sono, faccio il vago, rispondo in italiano, mi congratulo con loro e vado via, raggiungendo gli altri. Nel caos generale perdo il mio zaino con tutti i miei averi nella piazza. Il mio passaporto, il visto israeliano, il biglietto di rientro, i pochi soldi che ho con me, tutto è ora in balia della folla. Comincio a disperarmi pensando al peggio quando, all'improvviso, arriva di corsa Hamsa che me lo restituisce sorridendo. Lo amo. Oggi è il mio eroe.

Dobbiamo uscire un attimo dalla narrazione della giornata, lasciandola a metà, perché adesso, a fine giornata, mentre scrivo il diario, disteso sul letto, solo nella mia camera di hotel, sento in lontananza un coro di voci, sempre più vicine. Intonano delle parole al ritmo di una corsa lenta e costante come i *marines* dei film americani, solo che questa volta lo fanno in arabo. Sempre più forti sento risuonare i passi di una moltitudine di persone. Corro fuori alla finestra del corridoio e mi ritrovo a fissare nell'oscurità una formazione di un centinaio di uomini che, a passo di marcia, si avvicina all'hotel. Tutto dura non più di un minuto che però a me sembra una vita. Penso che Hamas sa dove siamo alloggiati, penso che è successo qualcosa a livello internazionale e vogliono prenderci come ostaggi, penso che dovrei riuscire ad avvisare gli altri in tempo per fare qualcosa, penso alle possibili vie di fuga dall'hotel, ma mentre penso non riesco a fare altro che rimanere lì impietrito e guardarli passare oltre, svoltando dietro l'angolo della strada. Mi guardo attorno e vedo un cameriere affacciato come me alla finestra. Con il tono di voce più normale che mi riesce e con un inglese che non sono in grado di gestire chiedo informazioni. Mi spiega con un sorriso che è normale e non devo preoccuparmi, sono le Brigate Izz al-Din al-Qassam, istituite nel 1991 per fornire ad Hamas una forza militare che, dovendo essere sempre pronte e non potendo avere delle caserme vere e proprie perché verrebbero distrutte immediatamente dai missili israeliani, si devono addestrare in giro per Gaza,

senza un posto fisso, ad orari ed in posti improbabili, sotto gli occhi stupiti dei poveri "turisti" italiani. Vabbè. Colpa mia che sono un po' paranoico...
Ma torniamo al resoconto della giornata.
Arriviamo al teatro dove si sarebbe svolto lo spettacolo di chiusura del Festival di scambio e formazione. A causa dell'allenamento sotto la pioggia siamo tutti bagnati, sporchi, sudati e stanchi, così decidiamo di passare a darci una ripulita in hotel, prima di tornare a prendere posto in teatro.
Quando torniamo troviamo il teatro brulicante di persone indaffarate nei preparativi degli spettacoli, intente a cercare posto o a chiacchierare tra loro. Alcuni degli spettacoli messi in scena hanno il sapore un po' vintage degli anni Quaranta o Cinquanta del secolo scorso. Ci sono delle esibizioni di ginnastica con i maestri in scena che dirigono i bimbi come dei domatori, divertenti scene di *clownery* e circo dei ragazzi che hanno lavorato durante il Festival con i nostri volontari, fra cui Mara, Riccardo, Linda e Valentina. Ci sono piccoli ragazzini bravissimi che si esibiscono suonando uno strumento a corde che viene tenuto in orizzontale sulle gambe che non ho mai visto. Tutto comincia formalmente con una pianola che intona l'Inno nazionale palestinese, durante il quale tutti si alzano in piedi e si toccano il petto. Non segue l'Inno di Mameli, come mi sarei aspettato, ma viene intonata "Bella Ciao", la canzone popolare dedicata alla Resistenza italiana contro gli invasori nazisti, nella versione dei Modena City Ramblers. Gato mi guarda e ridendo, dice: "Beh, si, questo è proprio l'Inno Nazionale da noi... Da voi no?!?", annuisco ridendo anch'io e torno a guardare lo spettacolo: è il momento di un giovane cantante molto bravo che gorgheggia in arabo.
Nel frattempo, inesorabile nonostante lo svolgimento dello spettacolo, continua il rito dei selfie, soprattutto per Red, che con i suoi capelli ricciissimi e rossi attira i selfomani come il miele. Arriva poi il momento delle dimostrazioni di parkour. Si esibiscono, una dopo l'altra, le squadre dei "Pkgaza" e dei "3run Gaza". Rimango piacevolmente sorpreso per l'attenzione e lo studio che mettono nella realizzazione delle coreografie: lo spettacolo ha un inizio, uno svolgimento e una conclusione. Creano una storia, inseriscono contenuti, passano dei messaggi. Non saranno il Cirque Du Soleil, ma sono molto bravi e piacevoli da guardare. Mi è chiara la deriva che ha preso la loro pratica. Ed è anche comprensibile. L'aspetto spettacolare della disciplina li ha travolti,

A trip to Gaza Strip

ma non per semplice esibizionismo. Fin dai primi video pubblicati, qualcuno nel mondo si è accorto di loro, di Gaza, della situazione di guerra in cui molti ragazzi sono costretti. Non importa se non hanno scavato a fondo nella pratica della disciplina, hanno trovato già nella superficie quello che cercavano. Il parkour ha dato loro la voce per parlare oltre il muro, per far vedere che nonostante le bombe, l'embargo, la povertà, loro riescono a far accendere dei riflettori su una parte del mondo che la maggior parte delle persone ignora. A Gaza c'è una situazione oggettiva di segregazione e vessazione del popolo palestinese. Questa cosa va detta, va strillata con ogni mezzo possibile, questo messaggio va diffuso e io sono d'accordo con loro. Sicuramente con il tempo matureranno i praticanti e con loro la disciplina.

Finiti gli spettacoli, comincia la sfilata per sapere cosa ne pensiamo: tutti cercano conferme e le vogliono da noi. Ad esibizioni concluse, Mohammad ci omaggia di tre targhe commemorative in vetro: una per Red, una per Gato ed una per me.

Le celebrazioni procedono con entusiasmo, fino a quando un ragazzo del posto che non avevo mai visto, senza parlare una sola parola di inglese, scherzando con uno dei bergamaschi della nostra delegazione, il Gobbo, mostra un grosso coltello, facendo l'internazionale gesto del pollice passato sulla gola. All'improvviso si è creato il gelo e inutili sono stati i suoi tentativi di riallacciare un'amicizia appena nata e subito sfumata fra lui ed il Gobbo. È stato uno scherzo. Strano *sense of humour*.

Il tragitto dalla sala all'uscita, anche se solo di pochi metri, dura un'ora e mezza tra foto, saluti, strette di mano ripetute più volte. Il rientro all'hotel sembra un film d'azione: le persone che fino ad oggi ci hanno fatto da interpreti o guide ci prelevano di forza dalla calca, facendosi largo a spintoni, ci infilano nelle macchine che ci aspettano fuori a motori accesi e danno il via. Partiamo sgommando tra le braccia protese per gli ultimi saluti.

Da lì in poi, non so perché, ci separiamo, alcuni vanno a cena a casa di locali, altri li perdo di vista. Con Red, i writers Tenia e Bruko, la professoressa Franca ed una delle nostre guide, andiamo in cerca di un posto dove mangiare: la comitiva non può essere più stranamente assortita. Due parkouristi, due graffitari, una professoressa ed un gazawo: sembra l'inizio di una barzelletta e durante la cena non mancano le gag più divertenti. Chiacchieriamo però anche

Giorno 8

di come sono andate le rispettive attività nel Festival. Franca è venuta qui per realizzare dei workshop sulla tecnica dei *mixed media* per le studentesse e gli studenti di arte dell'Università di Al-Aqsa, conclusa poi con una mostra al Centro culturale Rashad al-Shawaa, inoltre durante questa settimana ha raccolto materiali, intervistando uno dei ragazzi del parkour e facendo video per realizzare un lavoro di videoarte che chiamerà "Un sogno a Gaza". Tenia e Bruko, i graffitari hanno proposto workshop di murales, dipingendo, tra le altre cose, diversi muri nelle zone distrutte durante l'attacco della passata estate insieme ai ragazzi gazawi.

Piazza del Parlamento di Gaza City
Foto di repertorio del viaggio

A trip to Gaza Strip

Due giovani donne davanti al porto di Gaza, 2015
Foto di Cristina Mastrandrea

Giorno 9

*"Quando io sono più debole di te, ti chiedo la libertà perché ciò è in accordo con i tuoi princìpi.
Quando sono più forte di tre, io ti tolgo la libertà perché ciò è in accordo con i miei princìpi."*
Frank Herbert, Dune

04/01/2015
Da Erez a Gerusalemme, Palestina.

Uscita da Gaza. Ci aspetta la trafila inversa a quella fatta durante l'ingresso. Lasciamo parte del gruppo qui, ci salutiamo con Franca, Cristina, Valerio e gli altri che rimarranno per concludere il lavoro di reportage che hanno cominciato durante il Festival.
Andiamo verso Erez, prima check di Hamas, dove ci controllano i documenti e si riprendono il lasciapassare che ho ricevuto la mattina stessa, fila tutto liscio. Poi accertamento da parte dell'autorità palestinese e rapido controllo dei passaporti. Ora possiamo imboccare la lunga gabbia che attraversa la zona cuscinetto. La percorriamo a piedi, carichi di una strana euforia mista a tristezza. A metà strada incontriamo degli italiani che sono in entrata. Riconosco Emiliano, un ragazzo di Roma che come me lavora in Uisp ed è qui anche lui per un progetto di formazione e cooperazione internazionale.
I controlli israeliani ad Erez in uscita da Gaza sono anche più sofisticati di quelli in entrata: tutti i bagagli sono aperti, passati ai raggi X e ispezionati a fondo. Noi passiamo per uno strano apparecchio che ci scansiona e aspettiamo che le nostre valigie siano spulciate per bene. In attesa dei nostri bagagli, mi accorgo che Gato sta sudando freddo come non gli ho mai visto fare in tanti anni che lo conosco. Per un attimo, mi sembra di vivere la scena di un film di narcotrafficanti, quando il malvivente sta per essere colto in flagrante con chili e chili di droga nel bagagliaio, anche se, sono certo, non è possibile che il mio amico abbia della merce di contrabbando da veicolare oltre il confine. Oppure si?!? Incrocio il suo sguardo e lui alza un sopracciglio, per me che lo conosco è un chiaro segno di turbamento. Veloce come un lampo si affaccia alla mia mente il piccolo ragnetto, con i suoi grandi occhioni che mi saluta

con una zampetta alzata, facendo capolino dalla provetta nascosta in chissà quale meandro del bagaglio di Gato. Non ci avevo più pensato. Ora sento la fredda morsa del senso di colpa per aver esortato il mio amico a effettuare quel trasporto non autorizzato di otto zampette e otto occhioni sotto spirito in una provetta. Non che Gato avesse bisogno del mio supporto per fare come al solito di testa sua, ma, in effetti, adesso realizzo quante siano le restrizioni sul trasporto di specie animali e vegetali in altri territori: dalla diffusione di specie aliene nocive per gli ecosistemi al problema della propagazione di agenti patogeni.

Ovviamente sarebbe più probabile creare un disastro ambientale accidentalmente, trasportando a nostra insaputa degli ospiti clandestini nelle nostre valigie, anziché attraverso un campione biologico ben sigillato in una provetta asettica e sterilizzato dall'alcool. Ma le leggi in materia sono molto stringenti e la nostra preoccupazione aumenta.

Come biologi avremmo dovuto sapere tutto questo e forse si sarebbe potuto trovare una soluzione alternativa per portare quel campionamento biologico al Museo Civico di Scienze Naturali Enrico Caffi di Bergamo, dove lavora Gato. Più le valigie vengono disfatte più cresce la tensione. Dentifricio, spazzolino, shampoo, asciugamani, tutto viene vagliato con cura. La provetta però sembra non destare particolare interesse per il militare israeliano: tutti i bagagli, compreso quello di Gato, passano inspiegabilmente i controlli. Sembra che, alla fine, torneremo a casa con un ospite in più. Speriamo almeno che tutta questa ansia sia servita a scoprire una nuova specie di aracnide a Gaza, con tanto di nome dello scopritore, magari *Asianellus mazzolenii*, oppure *Anasaitis gatii*. Chissà, mi chiedo, se Gato userebbe il suo cognome o il suo nome di strada parkouristico per la nuova specie.

Quando tutti abbiamo finito i controlli, con ancora la tassonomia degli aracnidi in mente, ci dirigiamo verso il gabbiotto per l'ultimo interrogatorio prima di uscire. Nel frattempo, una donna anziana che stava entrando comincia a lamentarsi e si accascia al suolo, non sembra aver subito aggressioni, piuttosto si tratta di un malore. Le guardie le si avvicinano e le parlano, la scena è strana perché nessuno la tocca, neanche per aiutarla ad alzarsi in piedi, ma si rivolgono a lei con calma, aspettando pazientemente che si riprenda.

Neanche il tempo di inquadrare questa situazione che vedo in lontananza

Giorno 9

delle guardie armate con i fucili automatici d'assalto che, d'improvviso, si parano fra noi e l'uscita. Siamo costretti a raggrupparci tutti in un angolo della grande sala. Pochi minuti e tutto passa, era un'esercitazione. Ci troviamo fuori e guardiamo con occhi diversi tutta la gente che è in fila in attesa di poter entrare nella Striscia.

Alla sera, ci dividiamo in diversi gruppetti. Con Gato e altre persone andiamo a fare un giro nel campo profughi nei pressi di Gerusalemme Est accompagnati da un interprete. Facciamo visita al circolo di Al-Fatah, un partito politico ad oggi fra i più moderati. Sembra un circolo di partito come quelli italiani, ma è pieno di cimeli di martiri, delle loro foto con kefiah ed Ak-47, di bandiere palestinesi e quelle gialle del partito. I militanti ci fanno fare una visita guidata, parlandoci di ogni singola cosa lì dentro e ci salutano non prima di averci regalato una delle bandiere palestinesi che tenevano fuori dalla porta. Finiamo la serata prendendo un tè alla salvia a casa di una delle persone incontrate al Circolo e Gato, con alcuni altri dei ragazzi, conversa amabilmente di cinema indipendente dagli anni Sessanta ad oggi. Io, invece, sono stremato ed ignorantissimo in materia per cui mi gusto il tè, guardando fuori dalla finestra della casa che si trova su un'altura. Nel buio della notte ammiro i tetti di Gerusalemme con la luna che li rischiara.

Il nostro nuovo amico mi spiega che, vicino la loro casa, c'è una cisterna di acqua potabile, ma che la popolazione non ne ha il controllo e che l'acqua viene distribuita solamente un paio di giorni al mese, senza preavviso e senza una cadenza regolare. Il tè che mi è appena stato offerto assume ora tutto un altro sapore e valore.

Dopo qualche tempo andiamo al nostro ostello, Gato, Betta, il Gobbo ed i ragazzi del Nord Italia prenderanno un aereo diretto a Milano, Red ed io uno diretto a Roma, per cui loro partiranno domattina presto e noi la sera. La nostra avventura insieme sta per giungere al termine.

A trip to Gaza Strip

Bambino cammina tra le macerie di Shejaiya, Gaza, 2015.
Foto di Cristina Mastrandrea

Giorno 10

> *"L'iscrizione era una supplica a coloro che lasciavano*
> *Arrakis, ma agli occhi di un ragazzo appena sfuggito alla*
> *morte acquistava un significato cupo.*
> *Diceva: Oh, tu che sai quanto soffriamo, qui, non*
> *dimenticarci nelle tue preghiere"*
> Frank Herbert, Dune

05/01/2015
Gerusalemme, Palestina.

Essere fuori da Gaza mi dà una strana sensazione. È passata una sola settimana ma sembra una vita intera. Forse a causa del vissuto all'interno della Striscia, quando incrocio delle pattuglie dell'esercito israeliano, mi assale un groppo allo stomaco. Anche se sono consapevole di non aver fatto nulla di male e di non aver nulla di cui preoccuparmi, ho l'istinto di abbassare lo sguardo e cambiare strada in vista dei militari. Questa strana ansia si mescola alla sensazione di leggerezza di poter camminare liberamente dove e quando mi va. Durante la mia permanenza a Gaza non ho potuto passeggiare liberamente a causa della possibilità, seppur remota, di un rapimento da parte di estremisti di cellule salafite che si dice siano presenti nella zona Sud della Striscia, verso Khan Younis. Le stesse frange che si sono rese responsabili del rapimento e dell'uccisione di Vittorio Arrigoni, colpevole a loro dire di diffondere la corruzione nel paese.
Manca ancora un giorno al rientro a Roma da Tel Aviv e con Red decidiamo di visitare Gerusalemme. Cominciamo dal mercato di Mahane Yehuda. A causa di vari attentati che ci sono stati negli anni, il posto è presidiato da militari che però non sembrano molto agguerriti, passeggiano in gruppi di due o tre chiacchierando e ridendo tra loro. Noi sembriamo due bambini in un lunapark, siamo conquistati dai negozi e dalle bancarelle, sopraffatti da colori, odori e rumori. Vediamo appesi alle pareti foulard, kefiah, tappeti di tutte le dimensioni e forme con i ricami arabeschi. È pieno di frutta, pane, dolci e ci sono anche quei sottaceti fosforescenti dentro grossi barattoli metallici. Su alcuni tavoli sono disposte delle grosse montagne di varie spezie alte almeno

A trip to Gaza Strip

trenta centimetri e larghe forse un metro, tutte di colori diversi. Mentre camminiamo tra la gente che affolla le viuzze del mercato, i negozianti ci chiamano a gran voce, alcuni uscendo proprio dalle loro postazioni, ci tirano il braccio per farci entrare nel loro negozio, cercando di venderci la loro merce. Non lo fanno solo con noi stranieri, qui è proprio così che funziona. C'è un vociare fortissimo e per parlare tra noi dobbiamo quasi urlare. Tutti contrattano su tutto, a prescindere dal prezzo. Io sono talmente poco abile nell'arte della contrattazione che riesco ad uscire da un negozio con un arnese per preparare il falafel, quando in realtà avrei voluto comprare un foulard. Red, con i suoi capelli rossi lunghi e ricci, desta ancora curiosità e molte persone ci salutano o ci seguono, soprattutto bambini. Ad un certo punto, ci ferma un ragazzo che ci abbraccia felicissimo, è un praticante di parkour egiziano del Cairo che ha riconosciuto la felpa dei "Parkour Gaza" che indossiamo. Ci chiede di loro e della nostra esperienza nella Striscia, chiacchieriamo un po' e poi ci salutiamo, continuando a girovagare nel mercato.
Una volta fuori, passeggiamo per le viuzze di Gerusalemme e decidiamo di visitare il Muro del Pianto, dove troviamo che i controlli sono molto più stringenti di quelli del mercato.
All'ingresso le guardie ci dicono di lasciare la kefiah che portiamo al collo in loro custodia e che non ci avrebbero fatto entrare in caso contrario. I modi sono bruschi e sembrano quasi un po' schifati, ma non sono violenti, immagino solo perché siamo stranieri e non palestinesi. Molto seccati, con la paura che le nostre kefiah avrebbero fatto una brutta fine, con parole non riferibili tra i denti entriamo nell'immenso cortile antistante il muro. Qui non c'è molta gente, quasi tutti i presenti sono assorti nel loro singolare rituale di preghiera, con la fronte a pochi centimetri dal Muro, mentre cantano una nenia sottovoce muovendo ritmicamente il busto. Qualcuno siede all'ombra come per riprendersi dal grande sforzo della preghiera, per poi tornare nuovamente in posizione e ricominciare da capo. Il Muro è molto alto, ad occhio sarà una ventina di metri, costituito da grossi blocchi di pietra, tra i quali spuntano qua e là dei cespugli secchi, alla base è pieno di leggii con sopra dei libri, immagino siano quelli della Torah. Molti infilano dei foglietti nelle fessure e nelle crepe del muro, forse desideri o preghiere. Mi chiedo se c'è qualcuno che ogni tanto passa di lì per portare via foglietti e sterpaglie e

Giorno 10

mi domando dove poi vengano messe tutte quelle carte e pagliuzze sacre. Chissà.
Riprese le nostre cose, ci dirigiamo nuovamente verso la città.
Mi vengono in mente i ragazzi e tutte le persone che abbiamo lasciato a Gaza. C'è qualcosa che stride nella mia mente quando ci penso: vedo i sorrisi, gli scherzi, la prorompente voglia di vivere e allo stesso tempo osservo la fame, la sete, la povertà e la guerra; ascolto risate, musica assordante ma anche un sottofondo di mitragliatrici e missili; sento addosso i forti abbracci e le mani che mi strattonano cercando la mia attenzione e, allo stesso tempo, avverto sotto i piedi le macerie degli edifici distrutti che scricchiolano e franano sotto il mio peso. È un po' come quando si ha il mal di mare perché i sensi sono confusi, mi sento stordito. Cerco di mettere in fila i pensieri, di dare ordine a tutte le informazioni che si affollano in me e mi viene in mente un'altra cosa cui non avevo dato troppa importanza prima: nella Striscia di Gaza c'è un embargo totale, Israele controlla tutte le merci in entrata e in uscita e le centellina col contagocce, ma non è solo il rifornimento di materiali da costruzione, di cibo, di acqua, di medicine, di energia che i gazawi bramano. Fortissima è la necessità di conoscenza, di aggiornamento, di confronto con un mondo dal quale sono tagliati fuori e che sta andando avanti senza di loro. L'embargo culturale a cui è sottoposto il popolo palestinese è un'altra delle catene che lo tiene legato e schiacciato in barba a qualsiasi naturale sentimento di umanità o diritto internazionale. La voglia di comunicare, sia per ricevere informazioni sia per far sentire la propria voce oltre il muro è fortissima, non si ferma davanti a nulla. Solo ora capisco a pieno quel video di parkour che hanno girato i ragazzi dentro Gaza, quando hanno continuato a saltare e a riprendersi nonostante ci fossero sullo sfondo le esplosioni di un raid aereo israeliano, o forse è meglio dire proprio perché c'erano sullo sfondo le esplosioni. Era un messaggio chiarissimo: "Guardate tutti, questo è quello che succede nella nostra terra! E nonostante questo, la nostra voglia di vivere straborda dalle macerie, che usiamo come campo di allenamento".
Il rientro a casa ci vede senza dubbio molto diversi da come siamo partiti, andiamo via da questa terra splendida e piena di contraddizioni sapendo che ha lasciato un indelebile segno dentro di noi.

Uomini accendono un fuoco tra le macerie di Shejaiya, Gaza 2015.
Foto di Cristina Mastrandrea

Conclusioni

"Il rispetto della verità è strettamente legato alle basi di tutta la moralità."
Frank Herbert, Dune

Marzo 2024
Roma, Italia.

Torniamo al presente. Oggi finalmente la "questione palestinese" si è imposta con tutta la sua brutalità sui mezzi di informazione. Nessuno può più dire di non sapere, ci sono video, intercettazioni, testimonianze quotidiane di atti di una barbarie estrema e disumana. Il Commissario generale dell'UNRWA, Philippe Lazzarini, ha reso noto che il numero di bambini uccisi a Gaza dal 7 ottobre 2023 al febbraio 2024 è superiore al numero di bambini morti nelle guerre in tutto il mondo negli ultimi quattro anni. Sono infatti più di 14.500 i bambini uccisi nella Striscia, oltre 1.110 in Cisgiordania e 33 in Israele nei primi cinque mesi di questo conflitto, secondo i dati forniti dalle Nazioni Unite, da Save the Children e dal Ministero della Sanità di Gaza, su un totale di oltre 33.000 palestinesi uccisi e 74.500 feriti. Oggi a Gaza oltre 1 milione di bambini è sull'orlo di una carestia, mentre nel Nord della Striscia 1 bambino su 3 sotto i due anni soffre di deperimento, la forma più grave di malnutrizione.

Del resto Israele ha i servizi segreti più efficienti, l'esercito più numeroso e meglio equipaggiato al mondo in rapporto alla popolazione ed alla grandezza dello Stato. Ha la tecnologia più avanzata sia per lo spionaggio sia nelle armi ma, nonostante questo, i morti civili palestinesi sono infinitamente più numerosi rispetto ai miliziani di Hamas, che sono l'obiettivo dichiarato dell'operazione.

La narrazione sionista fa acqua da tutte le parti, dice di doversi difendere ma evidentemente attacca e lo fa contravvenendo alle più elementari regole di diritto internazionale, umanitario e di buon senso, usando armi non convenzionali e illegali come le bombe al fosforo bianco, usando cecchini contro la popolazione civile, bersagliando infrastrutture civili come scuole, ospedali, luoghi di preghiera, centri culturali e mercati. Anche ammettendo che un ospedale o una scuola siano il nascondiglio di alcuni terroristi, è inaccettabile che vengano bersagliate dall'esercito di uno Stato che si professa civile.

Nei giorni seguenti il 7 ottobre 2023 l'esercito israeliano ha intimato ai residenti di lasciare la zona Nord di Gaza e rifugiarsi al Sud, dichiarandola zona sicura. Subito dopo ha aperto il fuoco sulla moltitudine inerme in movimento, per poi bombardare proprio la zona Sud mentre a Nord avveniva l'invasione di terra. E non solo. Carovane di tir di aiuti umanitari, provenienti da tutto il mondo, pieni di beni di prima necessità e medicine vengono sistematicamente bloccati e impossibilitati ad entrare nella Striscia, chissà fino a quando, fermati sia dall'esercito sia dai civili israeliani.

Vediamo missili distruggere interi isolati indiscriminatamente, ma sappiamo che l'Israel Defense Force, l'insieme delle forze armate dello Stato di Israele, avrebbe la capacità e la possibilità di far esplodere con estrema precisione un solo appartamento di un edificio mantenendo l'integrità strutturale della costruzione e graziando così decine di vite di civili. Io ho visto personalmente il risultato dell'utilizzo di questo tipo di armi: c'è una differenza sostanziale se si usa un'arma rispetto ad un'altra e c'è, ovviamente, la scelta consapevole di non colpire solamente obiettivi militari o terroristici, ma di distruggere interi isolati e tutta la popolazione civile palestinese.

Vediamo civili freddati da cecchini appostati nelle strade di Gaza, signore anziane che alzano bandiera bianca, che cadono morte prima ancora di lasciare la mano dei nipotini che stanno provando a portare in salvo. Donne e uomini costretti a soccorrere feriti, trascinandoli a terra con lunghe corde, rimanendo nascosti dietro agli edifici per non essere anche loro vittime del fuoco dei cecchini. Sono centinaia i bambini che vagano senza più una famiglia, mutilati. Uno dei casi più noti e crudeli è quello di Hind Rajab, la bambina di sei anni sopravvissuta all'attacco della sua macchina da parte dei tank israeliani, mentre con gli zii e i cugini stava scappando da Gaza City. Incastrata nelle lamiere contorte della macchina e tra i corpi dilaniati dei suoi parenti, tra i fischi dei missili e delle mitragliatrici, la piccola è riuscita a chiamare al telefono i medici della Mezzaluna Rossa palestinese, la straziante telefonata è ovviamente dilagata in rete. L'epilogo è stato tragico: due settimane dopo l'attentato, il suo corpo è stato trovato senza vita, insieme a quello della cugina e dei due paramedici – Yousef Zaino e Ahmad Al Madhoon– che erano andati

Conclusioni

in loro soccorso. Per il Ministero della Sanità della Striscia di Gaza, gestito da Hamas, non c'è alcun dubbio sulla responsabilità del crimine ad opera di Israele. Una macchina di civili in fuga. Un'ambulanza. Una bimba di sei anni da sola in mezzo ai corpi morti dei familiari.

Parlare di lotta al terrorismo e di legittima difesa da parte di Israele non ha senso e non può non farci indignare.

Mentre l'attenzione è su Gaza, si intensificano anche le azioni dei coloni israeliani in Cisgiordania, nei territori occupati. Parliamo di territori occupati illegalmente secondo il diritto internazionale da coloni israeliani, spronati e ultimamente anche armati dall'attuale governo di estremisti religiosi. In Cisgiordania non c'è il controllo di Hamas e quindi è ancora più evidente e senza neppure una scusa di facciata la volontà di una occupazione illegale e di sterminio da parte di Israele.

In tutto ciò, la ferocia della propaganda israeliana lascia basiti. Continuano a mischiare le carte in tavola giocando ad accusare di antisemitismo chi non è in linea con le scelte del governo e della politica sionista. C'è una enorme differenza tra essere ebreo ed essere sionista. Il progetto sionista non ha nulla a che vedere con la religione, è un progetto politico di espansione dello Stato di Israele nella zona del Medio Oriente, a discapito delle popolazioni indigene e degli Stati che si trovano lì. Progetto, fra l'altro, testimoniato da molte interviste rilasciate da ebrei sionisti che ammettono, con candida semplicità, le loro intenzioni suprematiste e colonialiste.

Nel mondo c'è una fortissima mobilitazione in favore del cessate il fuoco su Gaza, moltissimi sono anche gli ebrei che apertamente condannano la politica terrorista dello Stato di Israele. È talmente evidente che una politica di questo tipo non può portare all'eradicazione di Hamas che chi dice il contrario è in malafede, totalmente privo di informazioni o ebbro della propaganda sionista.

Anche immaginando la sconfitta dell'organizzazione di Hamas, come si fa a non immaginare che tutto questo porterà ad una nuova forma di resistenza del popolo palestinese, con sempre maggiore consenso e sempre più determinazione? A meno che l'obiettivo sia la completa sparizione del popolo palestinese.

In Italia cosa facciamo istituzionalmente? Nulla. Anzi peggio. Come altre nazioni abbiamo sospeso gli aiuti all'UNRWA, l'organizzazione umanitaria delle Nazioni Unite che si occupa della crisi umanitaria dei rifugiati palestinesi, per sospetti legami di una manciata dei loro dipendenti con Hamas. È bastato che il governo israeliano diffondesse questa notizia per far si che molti Stati abbiano eliminato il sostegno ad una popolazione che è assediata e che subisce un durissimo embargo e non ha la possibilità di sussistenza. Poco importa se tutti i sospettati fossero stati preventivamente sospesi o licenziati e che la maggior parte di loro sia risultata completamente estranea ai fatti.

Durante la Giornata della memoria per l'Olocausto della Seconda guerra mondiale, gran parte della comunità israeliana e dei loro sostenitori si sono battuti per non far comparare il genocidio odierno dei palestinesi con quello degli ebrei durante il nazifascismo. Ma a cosa serve una "giornata della memoria" se non per evitare che tali drammi accadano di nuovo?

E va sempre peggio, ci sono artisti attaccati dall'ambasciata israeliana e dai vertici Rai per aver pronunciato le parole "Stop al Genocidio" o "Stop alla guerra" durante il Festival della canzone italiana. Come si può essere così meschini da aver paura di sostenere queste parole?

Come si possono trattare dei ragazzi delle scuole superiori che manifestano per la pace alla stregua di terroristi? Come si può bollare come filo-Hamas qualunque tentativo di portare pace? Mi sembra sintomo di un potere debole che ha paura del dissenso e schiavo di interessi extranazionali.

Non ci si rende conto che la pulizia etnica di un'area, lasciando moltitudini di sfollati in cerca di asilo in altri paesi, è un problema che ci coinvolge tutti e non riguarda solo la popolazione sfollata?

Ci si deve indignare contro chi costruisce muri attorno ad una popolazione, per poi bombardare bambini, donne e uomini inermi. E dobbiamo chiamare con il proprio nome questa operazione: genocidio.

Ci si deve indignare perché un'azione militare che ha come obiettivo dei civili non si può chiamare guerra, ma terrorismo.

Ci si deve indignare perché, ad oggi, lo Stato di Israele non ha più neanche il pudore di perpetrare questi crimini di nascosto, ma uccide bambini ed anziani sotto lo sguardo del mondo, tronfio nella sua impunità che va avanti da decenni.

Conclusioni

Ricorda in maniera drammaticamente ironica una diaspora avvenuta molti secoli fa. O un olocausto avvenuto in tempi più recenti. Quando la storia ci chiederà il conto di tutto quello che sta accadendo, da che parte saremo stati? Non stare apertamente dalla parte dell'oppresso equivale allo stare dalla parte dell'oppressore.

Il gruppo al centro culturale Rashad Al-Shawaa
Foto di repertorio del viaggio

A trip to Gaza Strip

> *"Tendiamo a diventare come la parte peggiore*
> *di quelli a cui ci opponiamo."*
> *Frank Herbert, Dune*

Spiaggia di Gaza
Foto di repertorio del viaggio

Ringraziamenti

Tantissime sono le persone che vorrei ringraziare e spero di non dimenticare nessuno.
La prima è senza dubbio Sara, la mia compagna, che mi insegna ogni giorno quanto siano importanti l'ascolto e l'accoglienza nelle relazioni e nella risoluzione non violenta dei conflitti, che mi sostiene in tutte le scelte che faccio, anche quando le ho detto che sarei andato a Gaza, una delle zone più calde del Medio Oriente appena cessata una imponente offensiva militare. Non potevo sperare in una migliore alleata per la mia vita.
Devo ringraziare Uisp Nazionale per aver riposto in me grande fiducia, al punto da avermi proposto questo progetto di cooperazione internazionale che si è dimostrato essere una delle esperienze più segnanti e formative della mia vita, Daniela Conti e Layla Mousa che, nello specifico, è stata materialmente la persona che mi ha catapultato in questa avventura.
Francesca Gentili carissima amica e compagna di liceo, che si è occupata della revisione del testo, grazie a lei potete fruire di una lettura quantomeno piacevole e poco intricata di quello che mi è successo a Gaza.
Elisabetta Cesarini, mamma di Edoardo, in rappresentanza di tutte quelle persone che con una frase, un' occhiata, una pacca sulla spalla, mi hanno spronato a scrivere di Gaza.
Tutto il team della carovana:
I writers "Tenia" e "Bruko", per aver reso delle macerie opere d'arte con delle bombolette spray, per mezzo del *writing*;
Mara Carlotta Ronzoni e Riccardo Marchesi, che hanno insegnato circo tra le macerie di Shejaiya e Valentina Raimondi e Linda Farata, che con le arti circensi sono state a Deir Balah;
Massimiliano Goitom "Macho" e Alberto Mussolini che hanno insegnato Arte video all'Università di Al Aqsa;
Valerio Nicolosi, autore della prefazione, Cristina Mastrandrea che ha prestato a questo diario delle splendide immagini e Sergio Lo Cascio del C.S.O.A Forte Prenestino. Tutti e tre hanno insegnato all'università di Al-Aqsa ed hanno

testimoniato la vita a Gaza con immagini, fotografie e video mozzafiato;
Franca Marini che ha portato la sua visione artistica nella Striscia fluttuando leggera come una farfalla in uno scenario devastato dalla guerra;
Grazie anche ad Alberto, Riccardo, Bruno e Claudio, parte del nostro team nel progetto;
Baha, Sami, Ibrahim, Jimmy, che si sono dimostrati molto più che i nostri interpreti, ma ci hanno guidato nella cultura, nelle usanze nella storia della terra di Palestina;
Mille grazie a Meri Calvelli che ha reso questo scambio possibile, coordinatrice del progetto e cooperante internazionale, responsabile del Centro "Vik" a Gaza, tra le persone più forti e determinate che ho avuto la fortuna di incontrare nella mia vita.
Tutti i fratelli di AddRoma: Nappa, Renegade, PE, Testa, Tiziano, Lollo, Piero, Sagro, Manu, Danno, che mi hanno supportato materialmente e psicologicamente per la preparazione e lo svolgimento di questa e mille altre avventure. Giulia Oddi per i preziosi consigli in fase di revisione. Marco Senatore che ha sostenuto ed aiutato la fase di produzione di questo scritto, Maurizio Fimiani che ha curato l'impaginazione e la grafica per la pubblicazione (come al solito sei preziosissimo e non ti ringrazierò mai abbastanza), e Silvietta per la passione travolgente che mette in tutto quello che fa e grazie alla quale non sono andato incontro all'ignoto nella Striscia (anche se non sei riuscita a tornare a Gaza quella volta, eri con noi lo stesso).
Davide "Red" Sebastiani, amico e compagno di tracciate, portavoce anche del progetto MoMu. I compagni bergamaschi dell'associazione Parkour Wave: Michele "Gobbo" per il sostegno che ci ha dato nelle attività parkouristiche e la forza che ha dimostrato nel saper gestire situazioni a dir poco complesse, Elisabetta "Betta" Aloisi, la prima praticante donna di parkour a Gaza, per il coraggio e la determinazione nel portare avanti con passione e competenza un lavoro di cooperazione internazionale in uno stato islamico dando una voce a molte ragazze e donne che non hanno spesso queste opportunità (sei uno splendido esempio di dolcezza e di forza allo stesso tempo).
E infine Federico "Gato" Mazzoleni, scomparso troppo presto, con il quale non ho avuto la fortuna di condividere la quotidianità, ma importanti ed epiche avventure, come questa e del quale questo viaggio è uno dei ricordi più

Ringraziamenti

vividi e belli che ho (…e comunque, alla fine, nel 2020 una ricerca che avevi cominciato ha condotto alla classificazione di un ragnetto che oggi porta il tuo nome, non l'esemplare raccolto a Gaza, ma il "*Centromerus gatoi* sp. nov.", raccolto in Lombardia e che avevi per primo identificato come nuova specie). Il solco che hai lasciato passando su questa terra è percorso da molti, grazie Gato per le avventure che abbiamo vissuto insieme.

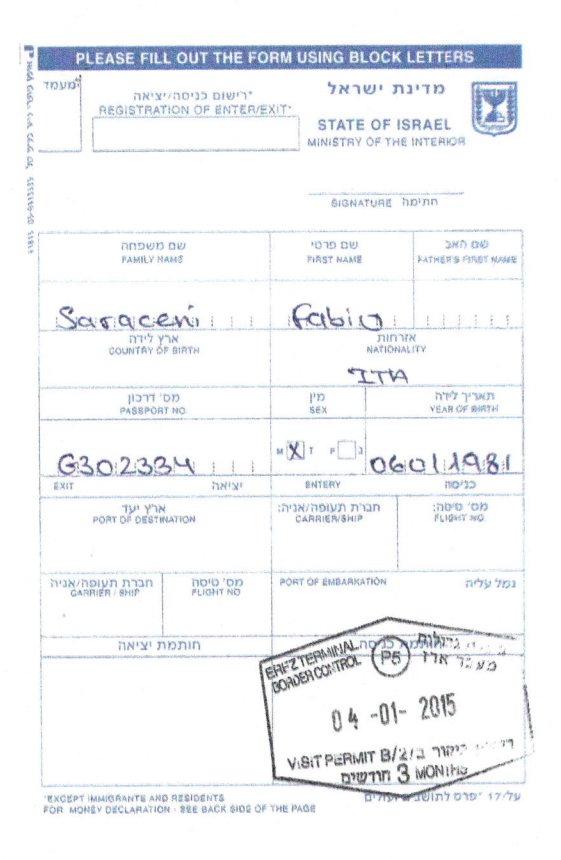

Il visto Israeliano per l'accesso nella Striscia

Printed in Great Britain
by Amazon